BRIGITTE LAMBERTS

EL GUSTARIO DE MALLORCA

MALLORQUINISCHE LEBENSART

Inhalt

El Gustario –
sein gastronomisches Angebot

Das ehemalige kleine Hotel, das Sven Ruge, der El Gustario, zusammen mit seinem Freund, dem Marquis Alejandro de Calderón, in der abgelegenen, idyllischen Bucht in der Nähe von ses Illetes erwerben konnte, ist umgebaut, saniert und fertiggestellt. Nacheinander sind die Freunde eingezogen und langsam gewöhnen sich alle an das Zusammenleben. Erste Gäste kann Sven schon in den separaten Zimmern des Anwesens begrüßen und so hat er mit Manuel und Lucía eine vorläufige kulinarische Auswahl getroffen, ganz mallorquín. Zum Frühstück soll es Gebäck geben: Ensaïmada oder Robiols, dazu wahlweise Café con Leche, Cortado oder Café solo, so Svens Plan.

Doch als Sofia, seine Freundin, zu der Diskussion hinzustößt, bemerkt sie: »Das kannst du nicht machen. Die Gäste aus Deutschland oder Frankreich, selbst die aus England wünschen sich ein größeres Angebot.« Auf seinen erstaunten Gesichtsausdruck hin fährt sie ihm lächelnd mit der Hand durch seine kurzen dunklen Haare. »Du bist schon ein echter Mallorquiner geworden.« Sie lacht fröhlich. »Aber so funktioniert das nicht. Du musst das Frühstück schon etwas reichhaltiger gestalten, sonst sind deine ausländischen Gäste enttäuscht.«

Sven willigt ein, obwohl es ihm gegen den Strich geht. Sein Argument, die Besucher der Insel sollen echte mallorquinische Lebensart kennenlernen, überzeugt die anderen nicht. Nun bedienen sich nicht nur seine Gäste, sondern auch seine Freunde frühmorgens im großen Gastraum und genießen ein wachsweich gekochtes Ei, Spiegeleier, mallorquinische Wurst, allen voran die Sobrasada, Chorizo, Longaniza und einen Schnitz Tortilla. Am Abend wird dann im Restaurant richtig aufgetischt. Jeden Tag eine andere kleine Speisekarte: eine Suppe, zwei Vorspeisen zur Auswahl, zwei Hauptgerichte und ein Dessert. Was Sven besonders freut: Nicht nur die Hotelgäste, auch seine Freunde und die deutschen Residenten aus der näheren Umgebung nehmen das gastronomische Angebot begeistert wahr. Denn kaum jemand verspürt noch Lust, für sich allein zu kochen, weder Patricia, die Großmutter von Sofia, noch Salvator, der Ehemann von Lucía, und schon gar nicht Paco oder Alejandro, Svens gute Freunde. Jeden Tag kocht ein anderes kleines Team der Gemeinschaft: Sven mit Lucía, Patricia mit Sofia, Charlotta mit Hectór und Sebastían. Oder Manuel lässt Essen von seinem Strandrestaurant herüberbringen. Und so werden die Abende meist sehr gesellig und die Gäste, vor allem Touristen aus Deutschland oder Frankreich, tauschen sich mit den Einheimischen aus. In einem separaten Raum mit großen Schiebetüren zur Bucht von Palma trifft man sich danach zum Digestif und kann dort ungestört eine Zigarette oder Zigarre rauchen. Natürlich nur unter dem Siegel der Verschwiegenheit, da Rauchen im ganzen Haus verboten ist. Doch seine Gäste wissen, wer das ausplaudert, ruiniert diese Möglichkeit der Entspannung nach einem genussvollen Essen.

Eindringlinge – sie kamen, besetzten und gingen wieder

Mallorca kann auf eine über 6000-jährige Geschichte zurückblicken. Die ersten Mallorquiner waren allem Anschein nach erfahrene Seeleute. Viel spricht dafür, dass die heutigen Insulaner von Sarden, Sizilianern oder Maltesern abstammen. Möglich, dass diese die kräftigen Winde nutzten und am Strand von Es Trenc im Süden oder an der Playa von Porto Cristo im Südosten anlandeten. Doch dabei blieb es nicht. Denn wer wollte nicht alles Mallorca besitzen, die Insel im Mittelmeer mit der strategisch günstigen Lage. Ob Phönizier, Karthager, Römer, Vandalen, Byzantiner, Mauren, Araber oder die Festlandspanier: Sie alle kamen und blieben! Manche sogar einige Hunderte von Jahren lang. Je nachdem, wer gerade die aktuellen Herrscher waren, ging es den Mallorquinern mal besser und mal schlechter. Doch jedes Mal, wenn die Eroberer die größte Insel der Balearen wieder verließen, blieb etwas von ihrer Kultur und Lebensart zurück. Das reicht von der Bauweise über Bewässerungsanlagen bis hin zu nicht heimischen Bäumen, Pflanzen oder Kräutern. Und Letzteres hat die Küche Mallorcas bis heute maßgeblich geprägt.

Oliven – Aceitunas.

Da streitet man sich. Waren es die Karthager, die um 500 v. Chr. den Olivenbaum nach Mallorca einführten oder doch die Griechen, die zwar keine Eroberer waren, aber dafür schon länger Handelsbeziehungen mit der Baleareninsel pflegten? Sie waren also eher da. Einer Sage nach soll Herkules das erste Olivenbäumchen von einer Reise zu den Hyperboreern nach Olympia gebracht haben. Und ganz nebenbei: 800 v. Chr. schrieb Homer seine »Odyssee« im Schatten von Olivenbäumen. Egal, wer es nun war, ob die Karthager oder die Griechen, mallorquinisches Olivenöl gilt damals wie heute als das »grüne Gold« der Insel. Es wird zum Braten, Frittieren, als Marinade oder Dressing genutzt. Und es dient als zentrale Zutat für das Sofrito, die Basis verschiedenster mallorquinischer Gerichte. Hier werden Zwiebeln, Knoblauch, Tomaten und Paprika mit Olivenöl angebraten und zu einer schmackhaften Sauce verbunden. Traditionell werden die Oliven auf Mallorca per Hand geerntet und kalt gepresst. Nur so entwickeln sich beste Qualität und der volle Geschmack. Und ja, als Tapas gibt es sie überall als Allererstes.

Kapern – Alcaparras.

Wieder ist man sich nicht sicher: Waren es die Griechen oder diesmal die Römer, die den Kapernstrauch auf die Insel brachten? Einerlei, denn auf jeden Fall wird die Blütenknospe ebenso wie das Olivenöl als »grünes Gold« der Insel verstanden. Ehemals waren die Kapern neben dem mallorquinischen Wein der Exportschlager Mallorcas. Selbst nach Übersee wurden sie verschifft, obwohl der intensive, leicht bittere Geschmack nicht jedermanns Sache ist. Doch mittlerweile lohnt sich die Ernte kaum mehr, andere Länder unterbieten die Preise. Wurden früher sogar des Nachts Wachen aufgestellt, um die Ernte zu sichern, macht sich heute kaum jemand mehr die Mühe, die Knospen zu ernten. Denn das Pflücken bei großer Hitze und in gebückter Haltung war eine der härtesten Arbeiten auf dem Land und galt als reine Frauensache. In der Morgendämmerung wurde begonnen. Da sind die Knospen noch hart und so weit geschlossen, dass sie ihr volles Aroma entfalten. Nach der Ernte werden die Kapern nach Größe sortiert und dann in grobem Meersalz, Salzlake oder Essig eingelegt. Je kleiner die Kapern sind, desto höher sind die Qualität und der Preis. Unbehandelt sind sie übrigens ungenießbar. Und so kommen die eingelegten Kapern auch heute noch bei Salaten, Saucen oder einer Vinaigrette zum Einsatz. Als Tapas werden sie gerne zu Pa amb Olí, Brot mit Olivenöl und Tomate, gereicht. Und natürlich dürfen sie bei der Schweine- oder Kalbszunge in Kapernsauce nicht fehlen, eines der ältesten Rezepte der Inselküche. Auch bei den Croquetas con Relleno de Carne de Cerdo, Kroketten mit Schweinefleischfüllung, dienen die Alcaparras zur Verfeinerung der Mousse, in Form von Kapernbutter oder einer Béchamelsauce mit Kapern.

Mandeln – Almendras.

Die haben die Mallorquiner von den Mauren geerbt. Noch heute spielt diese Frucht eine besondere kulinarische Rolle, sowohl bei deftigen Gerichten als auch bei den vielfältigen mallorquinischen Süßspeisen. Wurden Mandeln in früheren Zeiten eher für einen überschaubaren Abnehmerkreis geerntet, änderte sich dies schlagartig, als Ende des 19. Jahrhunderts die Reblaus die Insel überfiel und alle Weinstöcke zerstörte. Es brauchte Alternativen und so begannen die ehemaligen Weinbauern, Mandelbäume zu setzen und die Mandel als ernst zu nehmende Ertragsquelle zu kultivieren. Mittlerweile kommt Mallorca geschätzt auf sieben Millionen Mandelbäume und die Mandelblüte im Frühjahr ist ein beeindruckendes Farbspektakel aus Weiß-Rosa Blüten, die sich wie ein Teppich über die Landschaft legt. Nicht grundlos wird sie auch als »Schnee Mallorcas« bezeichnet. 7000 Tonnen Mandeln bester Qualität werden jedes Jahr produziert. Obwohl die mallorquinische Mandel als die beste der Welt gilt, ist es für die Bauern schwer, sich auf dem internationalen Markt zu behaupten. Die Mandeln aus Kalifornien sind günstiger, dort werden sie maschinell geerntet, was sich natürlich auch im Preis niederschlägt. Aber geschmacklich sind sie den mallorquinischen weit unterlegen. Auf den Balearen werden die Mandeln noch mit langen Stöcken vom Baum geschlagen und seltener mit Rüttelmaschinen geerntet. Zum Vergleich: Auf Mallorca dauert die Ernte im Schnitt einen Monat, mit dem Einsatz von Maschinen wären es gerade einmal zwei Tage. Auch heute noch spielt die Mandel bei der inseltypischen Küche eine herausragende Rolle, und das nicht nur bei den Süßspeisen, allen voran beim Mandelkuchen, Pastel de Almendras, auch beim Mandeleis, Helado de Almendras, oder dem Turrón de Almendras, einem Mandel-Nougat, der zumeist Weihnachten auf den Tisch kommt. Nein, es sind mitunter auch deftige Fleisch- und auch leichte Fischgerichte, die mit Mandeln verfeinert werden, wie beispielsweise Escaldums de Pollo con Almendras, Huhn mit Mandeln oder Rape con Salsa de Almendras, Seeteufel in Mandelsauce.

Auberginen – Berenjenas.

Und schon wieder waren es die Mauren. Doch in diesem Fall gelangte das Nachtschattengewächs wohl erst zum Festland. Lange nachdem die Mauren Mallorca verlassen hatten und die Festlandspanier die Baleareninsel eroberten, kam die Aubergine auf die Insel, wie auch die Tomate und die Kartoffel. Die Europäer hielten Auberginen für sehr hübsch und erfreuten sich an den Blüten und den schön anzusehenden Früchten in dunklem Violett. Doch sie glaubten, diese seien ungenießbar. Ein Irrglaube, der sich durch die Jahrhunderte hielt, doch schließlich wurde die Aubergine ein fester Bestandteil der mallorquinischen Küche – und das jetzt auch schon wieder seit Jahrhunderten. Heute gibt es zwei Lieblingsspeisen der Mallorquiner mit Auberginen: den Gemüseauflauf Tumbet und mit Rind, Schwein oder Kalb gefüllte Auberginen, die Berenjenas Rellenas.

Mangold – Acelga.

Bei den Griechen und Römern galt dieses Gemüse schon in den ersten Jahrhunderten n. Chr. als Heilpflanze, und so würde es nicht verwundern, dass sie es waren, die die dunkelgrünen Blätter mit den roten Stielen auf die Insel gebracht haben. Reich an Vitaminen und Mineralien ist Mangold auf Mallorca ein beliebtes Stängelgemüse, das roh im Salat, aber ebenso gekocht, gegart oder gedünstet als Beilage dargeboten wird. Auch als Füllung, beispielsweise in Teigtaschen, den Empanadas, wird es verarbeitet, oder es findet seinen Platz auf einer Coca de Vendura, einer mallorquinischen Gemüsepizza. Selbst in den Sopas mallorquínas, dem deftigen Kohleintopf, ist es dabei, denn Mangold ist würziger als Spinat, mit dem es leicht verwechselt werden kann, und es hat eine leicht nussige Note. Ebenfalls bei Fischgerichten steht das Gemüse auf der Speisekarte, so beim Zackenbarsch, dem Abadejo, der gerne in einem Bett aus Mangold, Tomaten, Frühlingszwiebeln, Knoblauch, Pinienkernen und Rosinen serviert wird. Das Ganze natürlich reichlich mit Olivenöl zubereitet.

Feigen – Higos.

Diesmal waren es die Phönizier, die den Ficus carica im ersten Jahrhundert n. Chr. auf die Insel gebracht haben und zudem ihr Wissen um dessen Veredelung. Die Feige gilt als die älteste kultivierte Pflanze der Menschheit. Neben der Olive und der Weintraube steht sie für die alten Kulturen des Mittelmeerraumes. So heißt es, die Feige sei das Brot der Armen und das Dessert der Reichen gewesen. Auch hier waren es wieder die Frauen, die in der heißesten Zeit die Ernte bestritten. Die grünen Feigen werden traditionell getrocknet, die violetten eher eingemacht, aber sie lassen sich auch sofort verzehren. Einmal aufgebrochen, können sie direkt mit Haut und Kernen gegessen oder ausgelöffelt werden. Zudem passen sie vorzüglich zu Ziegenkäse oder Schinken. In einer Sauce verarbeitet, geben sie herzhaften Fleischgerichten das besondere Etwas. Und natürlich eignen sie sich für Salate oder als Dessert. Eine vielseitig einsetzbare Frucht, die zudem noch über eine Menge Mineralien und Vitamine verfügt. Leider ist sie äußerst sensibel: Einmal geerntet, sollte sie möglichst bald verzehrt werden, denn Transport und Lagerung schätzt sie gar nicht. Deshalb wird sie auf Mallorca auch zumeist getrocknet und als Pan de Higo, als Feigenbrot, angeboten. Für Kalorienbewusste sollte es jedoch mit Zurückhaltung genossen werden.

Fenchel – Hinojo.

Schon in der Antike spielte Fenchel eine bedeutende Rolle, und so ist es naheliegend, dass es wieder die Griechen oder Römer waren, die das Gewächs nach Mallorca brachten, als Heilpflanze, aber auch als Gewürz für Speisen. Fenchel und Petersilie sind ein Traumpaar. Fein gehackt geben sie Fisch- und Fleischgerichten eine interessante Geschmacksnote. Beide Kräuter werden auf Mallorca zumeist erst kurz vor dem Servieren hinzugegeben. Überhaupt gehört Fenchel zu den Lieblingsgewürzen der Insel. Er wächst wild auf den Feldern und am Wegesrand. Er braucht nicht gekauft, sondern lediglich gepflückt zu werden. Und besonders typisch für die Mallorquiner: Die gesamte Gemüsepflanze wird von ihnen verwertet. Das Grün der jungen Knolle landet im Frito mallorquín, den gebratenen Innereien, die Stängel der Rispen geben eingelegten Oliven zusätzliches Aroma und der Fenchelsamen wird bei der Likörherstellung auf Mallorca, aber auch in ganz Spanien, insbesondere beim Hierbas, dem mazerierten Anislikör, verwendet.

Meerfenchel – Hinojo marino.

Mit ihren fleischigen grünen Blättern, die teilweise blau schimmern, und ihren zarten Blüten wächst der Meerfenchel dort, wo Wind und Gischt sonst nicht viel gedeihen lassen. Der hohe Gehalt an Vitamin C und sein angenehm würziges Aroma machten ihn, eingelegt in Weinessig, Salz und Wasser, zum getreuen Wegbegleiter der Seefahrer, denn er half gegen Skorbut. Heute gehört er als geschätzte Beilage zu vielen mallorquinischen Gerichten. Noch vor wenigen Jahren wurde von der Balearenregierung eine Verordnung für Mallorca verabschiedet, dass nicht mehr als ein Kilo zum privaten Gebrauch geerntet werden darf. Mehr ist strafbar! Denn jedes Jahr schwärmen Scharen von mallorquinischen Rentnern in den Sommermonaten aus, um den Meerfenchel im Auftrag der verarbeitenden Unternehmen zu ernten – für die einen ein einträglicher Job und für die anderen ein lukratives Geschäft. Denn der Meerfenchel gilt als Delikatesse. In guten Restaurants wird er zu Tapas gereicht: vor allem zum Pa amb Olí.

Schnecken – Caracoles.

Die gab es wohl immer schon auf Mallorca und mussten nicht erst eingeschleppt werden, obwohl die Römer sie als Heilmittel gegen Husten und Magenprobleme ansahen, besonders dann, wenn sie in ungrader Zahl gegessen wurden. Früher gingen ganze mallorquinische

Familien, am Morgen oder wenn es geregnet hatte, in das Gebirge, um Schnecken zu sammeln. Sie galten nicht als Fleisch und waren somit Mönchen und Nonnen auch während der Fastenzeit erlaubt. Und sie sind ausgesprochen gesund wegen der Proteine. Und, wie so oft, galten sie als ein Arme-Leute-Essen. Noch heute gibt es gute Portionen für wenig Geld, obwohl die Zubereitung recht aufwendig ist. Denn bevor sie im Topf landen, werden sie gesäubert und mehrmals angefüttert.

Paprika – Pimientos.

Die aus Mittel- und Südamerika heimkehrenden, spanischen Eroberer brachten aller Wahrscheinlichkeit nach, die Paprika bis nach Mallorca. Die Staude konnte sich auf den kalkhaltigen Böden der Insel besonders gut durchsetzen und entwickelte sich dort sogar zu einer einzigartigen Sorte, der Tap de Cortí, die vor allem für die Herstellung der typisch mallorquinischen Sobrasada verwendet wird. Neben der roten Paprika gibt es natürlich auch grüne und gelbe, doch wenn in Rezepten grüne Paprika empfohlen werden, sollten nur die hellgrünen, spitz zulaufenden und dünnwandigen Pimientos eingesetzt werden. Sie haben ein mildes Aroma und eignen sich besonders für Salate oder Schmorgemüse. Die fleischige, süßliche, rote Paprika hingegen ist bestens für den Gemüseblechkuchen, für Gemüsesuppen oder für eine Paella zu empfehlen. Sehr beliebt als Tapa sind die

Pimientos de Patrón, die dunkelgrünen, kleinen Paprika, kurz in der Pfanne angebraten und mit Meersalz bestreut.

Knoblauch – Ajo.

Allem Anschein nach waren es die Römer, denen die Mallorquiner die Knoblauchknolle zu verdanken haben. Doch sie hatte anfangs einen schweren Stand. Nicht bei der einfachen Bevölkerung, aber beim Adel. Und der hatte mehr Einfluss als gedacht. Die Gerüche, schon wenige Stunden nach Verzehr über die Haut oder den Atem verteilt, wurden als unangenehm empfunden und so Knoblauch als Arme-Leute-Speise abgetan. König Alfons von Kastilien soll im 15. Jahrhundert Rittern den Zutritt zu seinem Hof verweigert haben, die nach Knoblauch rochen. Doch das Gewürz hatte im wahrsten Sinne des Wortes den längeren Atem. Auf der Iberischen Halbinsel als auch auf Mallorca lernten die Spanier, den Knoblauch zu schätzen. Und so ist das Aroma von Knoblauch und Zwiebeln, die in Olivenöl angebraten werden, keinem Insulaner fremd. Bei vielen mallorquinischen Gerichten, ebenso bei den gesamten mediterranen Speisen, wird damit begonnen. Und die Mallorquiner haben Erfahrung, in mehrfacher Hinsicht: einmal mit dem Aroma und zudem mit der Minimierung des Geruchs. Deshalb bloß keine Knoblauchpresse in die Hand nehmen, dann ist man bei den Einheimischen sofort unten durch. Vielmehr wird der Knoblauch im Mörser zerstoßen oder fein gehackt. Und was für die Inselküche typisch ist: Der Knoblauch wird oft mit Petersilie vermengt und erst kurz vor Ende der Garzeit über die Speisen verteilt. Das gilt ebenso für die Saucen. Knoblauch, Petersilie und ein Brühwürfel werden im Mörser zerkleinert und erst zum Schluss dazugegeben. So bleibt das Aroma erhalten und die spätere, menschliche Ausdünstung herabgesetzt. Bei der Menge kann ganz nach dem eigenen Geschmack verfahren werden. Hier gibt es keine Regeln! Und was besonders beliebt ist: Es werden ganze Knollen oder Zehen ungeschält mitgeschmort. Die kann man dann vor dem Servieren wieder herausfischen, um nicht auf den Zehen herumkauen zu müssen. Das Aroma bleibt und der Knoblauch ist dann bekömmlicher.

Kartoffeln – Patatas.

Es ist anzunehmen, dass es die Festlandspanier waren, die Mallorca die Kartoffel bescherten. Heute gilt die Knolle aus sa Pobla als die beste und sie ist die Erste des Jahres. Fairerweise sollte hier angemerkt werden, dass Ibiza seine Kartoffel ebenso als die beste ansieht. Doch ohne Frage ist die mallorquinische Kartoffel mittlerweile der wichtigste Exportschlager der Landwirtschaft. Vor allem die Briten ordern wie verrückt. Waren es früher der mallorquinische Wein, der sogar am französischen

Hof getrunken wurde, das Olivenöl, die Mandeln, der Knoblauch oder die Kapern, die bis nach Kuba verschifft wurden, ist es nun die Kartoffel. Sie wird auf Mallorca meist zu Fleischgerichten gereicht und dann frittiert oder solo als Patatas bravas. Im Unterschied zu den klassischen Pommes sind diese etwas kürzer und breiter, werden nur schwach in Olivenöl gebräunt und mit einer Sauce kredenzt. Es gibt sie aber auch dünn in Scheiben geschnitten und in Olivenöl geschwenkt, nur kurz angebraten, vorzugsweise als Beilage zu Auberginen. Oder als Patatas con Costra de Sal, Kartoffeln in Salzkruste.

Tomaten – Tomates.

Schon Anfang des 16. Jahrhunderts gelangten sie durch die Festlandspanier auf die Insel. Während die Tomate auf dem Festland schnell zum festen Bestandteil der Speisen wurde, dümpelte sie auf Mallorca als Zierpflanze vor sich hin. Und das immerhin fast 200 Jahre lang. Woran mag es gelegen haben? Ein Erklärungsversuch geht davon aus, dass die Tomate der Tollkirsche und der Alraune zu ähnlich sah, und das sind nun mal hochgiftige Nachtschattengewächse. Aber der Adel hat es dann gerichtet, denn er schätzte die Tomate als Aphrodisiakum, als potenzsteigerndes Mittel. Nur blöd, dass die Säure der Tomate das Blei in den damals gebräuchlichen Bleitellern langsam auflöste. Das dürfte manch einem Mitglied des Adels nicht unbedingt bekommen sein. Wie weit das erkannt wurde und sich herumgesprochen hat, ist nicht überliefert. Doch dann meldete sich im 18. Jahrhundert der mallorquinische Mönch Jaume Josep Bernat Martí i Oliver zu Wort, und zwar nicht nur mündlich, sondern sogar schriftlich. Er empfahl seinen Landsleuten, ihr geröstetes Landbrot nicht nur mit Olivenöl zu beträufeln, sondern auch mit einer Tomate einzureiben. Sogleich begann die Karriere der Tomate auf Mallorca und sie wurde fester Bestandteil zahlloser traditioneller Gerichte. Und so ist sie auf der Insel nicht mehr wegzudenken, weder bei Pan amb Olí noch beim Trampó, dem Salat mit unterschiedlichen Tomaten, grüner Paprika und Zwiebeln. Mittlerweile soll es über fünfzig verschiedene Sorten auf Mallorca geben und natürlich wissen die Mallorquiner genau, welche Sorte sich für welches Gericht besonders gut eignet.

Orangen – Naranjas.

Bei diesem Obst ist man sich auch nicht ganz sicher, wem es die Mallorquiner zu verdanken haben. Aber es ist davon auszugehen, dass es wieder die Mauren waren, die erste Orangenpflanzungen anlegten. Denn sie terrassierten die Hänge und zogen Bewässerungskanäle, unter anderem genau dort, wo die Bedingungen für Zitrusfrüchte am günstigsten waren und sind: im Tal von Sóller, geschützt von den Gebirgskämmen des Tramuntanagebirges, bei relativ kühlen Nächten und damals ausreichendem Wasser. Doch die Urorange, die seit dem 10. Jahrhundert allem Anschein nach auf Mallorca heimisch wurde und die Innenhöfe der Paläste der Mauren in Palma geschmückt haben soll, hat nichts mit der heutigen Frucht gemein. Durch ihre Bitterstoffe und einen hohen Säuregehalt war sie ungenießbar. Es kann jedoch gut sein, dass sie als Vorfahre der Bitterorange gelten kann. Die süßen Orangen hingegen dürften die Festlandspanier den Mallorquinern gebracht haben, das aber erst im 16. Jahrhundert, als diese bei Eroberungsfeldzügen in China auf die süße Frucht stießen. Heutzutage prägen die Zitrusfrüchte die Dessertauswahl der Mallorquiner, wie Orangen- und Zitronensorbet, Orangen- und Zitroneneis oder den Orangenkuchen.

Piraten – eine zweischneidige Angelegenheit

Böse Zungen behaupten, die Fischer auf Mallorca hätten einfach nur Angst vor den Piraten gehabt und deshalb wären sie nicht weit genug hinausgefahren auf das offene Meer, um genügend Meeresgetier zu fischen.

Ganz so einfach ist es nicht. Das Meer um Mallorca herum war immer schon schwer befischbar: steile Felsen, und dann geht es schon ab in die Tiefe. Natürlich hatten sie Angst. Die Piraten plünderten nicht nur an Land und ermordeten die Einwohner. Sie nahmen Geiseln, vorzugsweise die ersten Menschen, die sie zu fassen bekamen, und das waren zumeist die Fischer. Dann wurde Lösegeld erpresst und wenn die Angehörigen nicht genügend Geld aufbringen konnten und die jeweilige Gemeinde sich weigerte, die Geiseln auszulösen, wurden diese verschleppt, um sie als Sklaven in Nordafrika zu verkaufen oder als Ruderer auf ihren Galeeren schuften zu lassen. Wer in Piraten-Fänge geriet, kehrte meist nicht mehr zurück. Nicht nur bei den Fischern herrschte die nackte Angst, auch bei der restlichen Bevölkerung, und so zogen sich die Mallorquiner ins Landesinnere zurück. Es entstanden Festungen und Wachtürme und die Kirchen hatten zumeist einen Turm mit einem begehbaren Austritt für einen Rundumblick, sodass die Gefahr erkannt und mit Feuerzeichen gewarnt werden konnte. Doch was bedeutete das? Die Einheimischen kultivierten die Landwirtschaft. Fisch wurde zur Delikatesse. Nur die Fischer ernährten sich davon und der Adel sowie begüterte Gutsbesitzer. Die original mallorquinische Küche konzentrierte sich auf Fleisch, vorzugsweise Schwein, Zicklein, Lamm sowie Kohl und Gemüse. Erst mit den Touristen gelangte der Fisch allmählich zurück auf die Speisekarten und durch neue Fangmethoden, die es ermöglichten, auch in den Tiefen um Mallorca herum erfolgreich und vor allem ertragreich fischen zu können. Doch fairerweise muss angemerkt werden, dass die Mallorquiner in Piratenzeiten auch nicht ohne waren. Sie fuhren auf das offene Meer hinaus, um Handelsschiffe anzugreifen. Ein Vergeltungsschlag folgte dem anderen! Das befeuerte ohne Frage die Aggression.

Aber da gibt es noch etwas anderes, das erwähnt werden sollte. War in früheren Zeiten die Küste wertlos und nur von armen Menschen besiedelt, änderte sich das ab den 1950er-Jahren des 21. Jahrhunderts schlagartig. Der Grund? Ganz einfach: Früher wurde das ertragreiche Land an die männlichen Erben weitergegeben. Die weiblichen Nachkommen bekamen die fruchtlose, karge Küste. Doch mit dem Beginn des Tourismus wandelte sich das Blatt. Die Männer schufteten auf den Äckern und die Frauen, wenn sie denn geschickt vorgingen, konnten ein Vermögen mit dem Verkauf der Landstriche an der Küste machen. Heute sind es deshalb oftmals die Frauen der mallorquinischen Familien, die das Geld besitzen.

Stockfisch – Bacalao.

Noch heute gibt es ihn in fast jedem Supermarkt, den in Salz eingelegten Kabeljau. Früher war es der Fisch der armen Bevölkerung und das einzige Meeresgetier, das es bis in die Inselmitte schaffte. Angeblich waren es baskische Walfänger, die diese Methode ersannen, Fisch haltbar zu machen. Obwohl heute Kühlketten kein Problem mehr darstellen, erfreut sich der Stockfisch bei den Mallorquinern immer noch größter Beliebtheit. Das geht sogar so weit, dass die Mallorquiner frischen Kabeljau auf dem Markt kaufen und dann selbst zu Hause in Salz einlegen. Vorzugsweise sind es Filetstücke, die so konserviert werden. Denn durch die Wirkung des Salzes werden sie steif – stocksteif, wie der Name schon erahnen lässt. Bevor der Fisch in Reisgerichten und Eintöpfen landet oder als Tapa serviert wird, muss das Salz entfernt, das Filet portioniert und ungefähr 24 Stunden gewässert werden. Das Wasser wird dabei immer wieder erneuert und zuletzt Milch dazugegeben. So wird der Fisch wieder weich und saftig. Das Resultat: Nicht nur kommt ein besonders weiches Fleisch zum Vorschein mit einem dezenten Salzaroma, sondern auch der Garprozess ist verkürzt, da der Stockfisch durch das Salz schon vorgekocht ist.

Sardinen – Sardinas.

Frittiert oder gebraten, ist dieser Fisch als Tapa auf Mallorca nicht wegzudenken: kurz mal eben in Mayonesa de Ajo, Koblauchmayonnaise, getunkt und dazu Weißbrot oder ein Stück Landbrot genießen. Im Sommer wird die Sardine mit Olivenöl und Meersalz gebraten, obwohl sie auch mit Mehl bestäubt und dann frittiert köstlich schmeckt. Doch bloß nicht das Besteck zur Hilfe nehmen. Einheimische fassen mit der einen Hand den Kopf und mit der anderen den Schwanz des gegrillten oder frittierten Fisches und ziehen dann mit den Zähnen das Fleisch von den Gräten.

Sardellen – Boquerones.

Sie sind zwar mit den Sardinen familiär verbandelt, doch viel schlanker und wesentlich kleiner. Es gibt zahlreiche Arten, die kleinen Fische zuzubereiten, aber am beliebtesten sind die frittierten und die in Essig und Olivenöl oder in Salz eingelegten Sardellen. Drei völlig unterschiedliche Geschmacksrichtungen, die vorzugsweise als Tapas gereicht werden. Und natürlich dürfen weder Petersilie noch Knoblauch fehlen.

Goldmakrele – Llampuga.

Ohne Frage ist sie einer der beliebtesten und meistverzehrten Fische Mallorcas. Wohlschmeckend und von intensivem Geschmack, zählt sie jedoch nicht zu den erstklassigen Sorten. Dabei ist sie fettarm, mit wenigen Gräten ausgestattet und noch bezahlbar. Zudem lässt sie sich leicht fischen und einfach und vielseitig zubereiten. Sie landet auf dem Grill, wird mariniert, geräuchert, frittiert, gedämpft oder in Olivenöl gebraten. Ganz klassisch gibt es Kartoffelschnitze und gebratene rote Paprika dazu oder Tumbet, den typisch mallorquinischen Auberginenauflauf. Vielleicht wird dieser Fisch auch deshalb so geschätzt, weil man auf ihn warten muss. Denn die Goldmakrele darf nur von Ende August bis Ende Dezember gefischt werden, wenn die kühlere Jahreszeit beginnt, die ersten Stürme und Gewitter aufziehen und die Jungfische in Schwärmen im Mittelmeer auftauchen. Woher der Name stammt – so ganz sicher ist man sich da nicht. Die einen behaupten, er käme von dem katalanischen Verb llampegar, was so viel wie funkeln heißt, die anderen sehen in dem lateinischen Begriff lampare, glänzend, den Namensgeber, denn die Haut der Goldmakrele besticht durch einen goldfarbenen, metallischen Schimmer. Vielleicht leitet sich ihr Name Llampuga auch von dem mallorquinischen Wort Llamp ab, also Blitz, und dann sind wir wieder bei den Gewittern.

Aal – Anguila.

Mallorca hat wenige regionale Spezialitäten, dazu ist die Insel zu klein. Und die, die es einmal gab, sind mittlerweile auf der ganzen Insel verbreitet. So wie die Kartoffel aus sa Pobla und der Aal aus dem angrenzenden Feuchtgebiet und Naturpark s'Albufera. Konnten sich die Mallorquiner früher vor Aalen kaum retten, wird der Bestand immer geringer, sodass sich das Angeln kaum mehr lohnt. Schuld sind die Abwässer aus den nahegelegenen touristischen Hochburgen an der Nord-Ost-Küste, die ihr Brauchwasser abführen. Und so gibt es Aal eigentlich nur im Januar in sa Pobla, dann aber mit voller Wucht beim Aalfest mit einer erstaunlichen Auswahl an Gerichten. Ganz typisch sind Empanada de Anguila, Teigtaschen mit Aal gefüllt. Auch die Kombination von Aal, Kaninchen und Fadennudeln ist sehr beliebt, ebenso Espinagades de Anguila, Aalküchlein oder Pastel de hoja de Anguila, gedeckter Blechkuchen mit Aal und Spinat. Auch bei den Tapas ist der Aal auf dem Vormarsch, dann aber sind es meist Baby-Aale auf einem Weißbrotschnitz, den Pinchos, kleine weiße Würmchen, die, seien wir ehrlich, wenig Eigengeschmack haben und lieber groß werden sollten.

Drachenkopf – Cap-Roig.

Je tiefer die Bewohner des Meeres leben, desto furchterregender sehen sie aus. So auch der Drachenkopf, der auf dem Meeresboden beheimatet ist, sowohl im Mittelmeer als auch im Atlantik. Er wird auch als Meersau bezeichnet, hat einen robusten Körper und einen gepanzerten, stachelbesetzten Kopf. Verwandt mit dem Rotbarsch und dem Knurrhahn, gehört er zu den Skorpionfischen. Sein Fleisch ist ausgesprochen schmackhaft und er eignet sich wunderbar für die Zubereitung im Ofen, aber ebenso lässt er sich gut gebraten oder gegrillt servieren. Doch Vorsicht! Seine Rücken- und Afterflossen sind mit giftigen Stacheln bewehrt, die er bei Gefahr aufstellen kann. Für Fischer nicht ungefährlich, aber beim Verzehr besteht kein Risiko, denn das Gift dieses Fisches ist hitzeempfindlich und wenn er richtig zubereitet wird, braucht man sich keine Sorgen zu machen. Sein festes weißes Fleisch wird geschätzt, ebenso sein Aroma nach Meer. Für eine gelungene, schmackhafte Bouillabaisse ist der Drachenkopf unverzichtbar.

Calamares – Tintenfisch.

In früheren Zeiten wurden die kleinen Exemplare dem Adel oder den Großgrundbesitzern vorbehalten, denn je kleiner die Tintenfische sind, desto besser schmecken sie. Größere können leicht zäh sein, müssen daher länger köcheln und sind geschmacklich nicht so mild und intensiv.

Der Rückzug ins Landesinnere

Durch den Rückzug der Mallorquiner in das Landesinnere entstand eine jahrhundertealte Kultur rund um die Landwirtschaft. Das wird heute noch an traditionellen Gerichten deutlich, die sich durch Fleisch, Kohl, aber auch durch eine breite Palette an Gemüse auszeichnen. Vor allem Spanferkel, Zicklein, Lamm und natürlich das schwarze Schwein dominieren die fleischlastige mallorquinische Küche, deftig mit Schweineschmalz und Olivenöl angebraten oder gegrillt. Natürlich spielen die Würste ebenso eine zentrale Rolle, allen voran die Sobrasada, die Camaiot, die Botifarra, Bisbe, Longaniza und noch einige andere mehr. Das macht die mallorquinische Küche so sympathisch: Nichts wird weggeworfen, alles wird verwertet. Dafür ist das Gericht Frito mallorquín das beste Beispiel. Ob früher die Innereien vom Lamm oder Schwein verwendet wurden, hing schlicht davon ab, welches Tier gerade geschlachtet wurde. Denn sie mussten möglichst schnell verarbeitet werden. Für ein gelungenes Frito gilt heute noch die unumstößliche Regel: Die verschiedenen Innereien haben unterschiedliche Garzeiten. Herz wird zuerst, Leber zum Schluss hinzugegeben. Und so sieht es auch beim Gemüse aus, das separat mit frischem Öl frittiert wird. Genau das ist es, was die mallorquinische Küche ausmacht: frische, saisonale Zutaten, mit viel Geduld zubereitet!

Spanferkel – Cochinillo.

Typisch mallorquín? Weit gefehlt, das klassische Spanferkel kommt vom Festland. Einer Legende nach soll ein Ober vom spanischen Festland in Palma seinem mallorquinischen Kollegen vorgeschwärmt haben, wie köstlich das gegrillte Spanferkel sei. Dieser hat sich sofort mit Züchtern auf dem Festland in Verbindung gesetzt und dann heftig experimentiert. Von dem kleinen Bergdorf Orient am Rand des Tramutanagebirges aus, wo der Mallorquiner lebte, hat das Spanferkel dann recht schnell seinen Siegeszug über ganz Mallorca angetreten. Denn das Porc negre, das mallorquinische schwarze Schwein, war schon damals viel zu teuer, um es einfach in den Restaurants auf die Grillstange zu schieben.

Schwarzes Schwein – Porc negre.

Nirgendwo gibt es diese dunkelborstige Rasse sonst, nur auf Mallorca. Und es heißt, noch vor fünfzig Jahren habe es mindestens ein Exemplar in jedem Dorfhaushalt gegeben. Selbst die Mauren konnten mit ihrer Rinder- und Schafzucht dem schwarzen Schwein nichts anhaben. Noch vor 200 Jahren war der Ruf des mallorquinischen schwarzen Schweins so exzellent, dass für den Export zum spanischen Festland eigens eine Schifffahrtslinie zwischen Palma und Barcelona eingerichtet wurde. Doch schon knapp danach ging die Anzahl der schwarzen Schweine drastisch zurück. Mittlerweile gibt es nicht einmal mehr 60 Züchter auf der Insel. Denn welcher Bauer kann es sich noch leisten, seine Schweine frei herumlaufen zu lassen und sie mit Gerste, Kaktusfeigen, den Schoten des Johannesbrotbaums, Eicheln und Feigen zu füttern? Und so sind die rosafarbenen Artgenossen auf dem Vormarsch: Sie haben einen höheren Fettanteil, sind weniger anspruchsvoll und billiger in der Aufzucht. Selbst bei der Sobrasada haben sie sich durchgesetzt. Klar, mit dem Fleisch des Porc negre wäre diese heute doppelt so teuer. Und doch sind die schwarzen Schweine wieder im Aufwind, so hört man.

Zicklein – Cabrito.

Das Fleisch ist delikat, mit einem dezenten Wildaroma, und doch existiert eine Zweiklassengesellschaft. Einmal gibt es die Hausziegen, die sich weniger stark vermehren als die Wildziege. Im Schnitt kommt pro Wurf gerade einmal ein Zicklein auf die Welt. Ein riesiges Problem für die Züchter. Und dann gibt es die Wildziegen. Sie sind aufgrund ihres natürlichen Lebensraums wesentlich schmackhafter. Doch die Wildziege steht auf Mallorca unter strengem Schutz und nur wenige Exemplare dürfen jährlich bejagt werden. Schlecht für die Feinschmecker, aber noch übler für die Besitzer von Plantagen, die sich vor dem großen Appetit der Ziegen kaum retten können. Sie fressen alles weg, was nicht niet- und nagelfest ist.

Lamm – Cordero.

Diesmal waren es die Araber, denen die Mallorquiner die Schafszucht zu verdanken haben. Zwei indigene Rassen gibt es auf der Insel: Die braun-roten Schafe und die weißen. Die Oveja roja mallorquina, die »roten« Schafe, sind sehr genügsam, zumeist im Süden der Insel angesiedelt und etwas sensibler als ihre Artgenossen. Sie sorgen für die Milch- und Käseproduktion. Die Oveja blanca mallorquina ist robuster, hat sich besser an das Inselklima angepasst und ist in den meisten Regionen Mallorcas beheimatet. Ihr Fleisch ist zarter und von höherer Qualität. Es kann bei einem Gewicht von eineinhalb bis drei Kilogramm zwischen dem dritten und sechsten Monaten nach der Geburt bestens als Milchlamm verspeist werden. Dazu sind die »roten« Artgenossen mit zweieinhalb bis fünf Kilogramm zu groß. Wer jedoch zart besaitet ist, sei vorgewarnt. Das Milchlamm wird in einer Greixonera serviert und kommt meist im Ganzen. Alles ist noch dran und es wirkt auf den ersten Blick, als wenn das Lämmchen schlafen würde. Wie man da das Messer ansetzen will, ist mir schleierhaft, aber die Mallorquiner haben damit wohl kein Problem.

Mallorquinische Würste – Sobrasada & Co.

Besonders bekannt ist die Sobrasada, die mallorquinische Streichwurst. Nach der Eroberung durch König Jaume I. im 13. Jahrhundert gelangten katalanische Traditionen in die lokale Küche der Insel. Dazu gehörte die Verbreitung der Sobrasada und der Botifarra.

»Alles, was vom Schwein kommt, ist gut«, erkannten die Mallorquiner. Und so wird die Sobrasada als Streichwurst auf Brot gereicht und gebraten als aromatische Zugabe in vielen Gerichten verwendet. Sie ist die Königin der Würste auf Mallorca und stellt selbst den spanischen Schinken in den Schatten. Das mag damit zusammenhängen, dass der Schinken Trockenheit braucht, die Sobrasada hingegen, geschützt durch den Darm, eine relative Luftfeuchtigkeit von 70 bis 85 Prozent verzeiht. So reift sie unbeschadet und schimmelfrei bei 14 bis 16° C. Auch wenn sie mit der deutschen Tee- und Mettwurst verwandt ist, kann man sie damit nicht vergleichen. Allein der Reifeprozess zeigt die unterschiedlichen Welten auf. Ist die kalt geräucherte Rohwurst aus Deutschland innerhalb weniger Tage mit ihrem Reifeprozess durch, braucht es bei der Sobrasada rund vier Monate im Trockenschuppen. Und das ist nur ein Beispiel für ihre Qualität. Sie besteht ausschließlich aus bestem Schweinefleisch, edelsüßem Paprikapulver, Salz, Speck, Gewürzen und natürlichen Duftstoffen. Unterschieden wird zwischen der Sobrasada de Mallorca und der Sobrasada de Mallorca de Porc negre, bei der nur das Schweinefleisch der einheimischen Rasse verarbeitet wird. Letztere ist teurer und auch seltener zu bekommen. Und noch etwas: Jedes Gericht, egal ob Fisch oder Fleisch, bekommt durch die gebratene Sobrasada eine ganz besondere Note. Natürlich gibt es noch weitere Wurstwaren, beispielsweise die Botifarra, sie wird gegrillt und vorzugsweise bei Eintöpfen verwendet, da sie einen milden und dennoch würzigen Geschmack hat. Die Longaniza hingegen, eine dünne Sobrasada, wird im Schweinedünndarm verarbeitet. Ganz gleich, ob gerillt oder frittiert, ist auch sie ausgesprochen schmackhaft.

Das jüdische Leben in Palma

Nach dem Olivenöl steht Schweineschmalz an zweiter Stelle in der mallorquinischen Küche. Vor allem Kaninchen und Geflügel werden damit geschmort und es ist unschlagbar bei der Zubereitung verschiedener Teigarten. Allen voran lebt die Ensaïmada vom Schweineschmalz. Doch Vorsicht! Es ist ratsam, das Schweineschmalz bei niedrigen Temperaturen zu verflüssigen und es dem Mehl nur mäßig warm zuzugeben. Denn bei zu heißem Schmalz können die Hefebakterien abgetötet werden. Doch was hat Schweineschmalz mit den Mallorquinern jüdischen Glaubens in früheren Jahrhunderten zu tun? Die Antwort wirkt auf den ersten Blick absurd, und doch scheint sie logisch.

Die frühesten Zeugnisse jüdischer Kultur auf Mallorca gehen bis in das 5. Jahrhundert n. Chr. zurück. Je nachdem, wer über die Insel herrschte, hatten die Juden mal mehr, mal weniger Freiheiten, doch zumeist erlebten sie Verfolgung. Mit der Eroberung Mallorcas im 13. Jahrhundert durch Jaume I., König von Aragonien und Katalonien, begann eine »goldene Epoche« für die Juden der Insel. Allem Anschein nach, das sagen die historischen Quellen, sollen die Juden Jaume I. bei der Befreiung der maurischen Fremdherrschaft und bei der Rückeroberung der Insel geholfen haben. Und er zeigte sich erkenntlich: Sie bekamen in Palma ein eigenes Viertel und mehr Freiraum bei der Ausübung ihres Glaubens und ihrer Geschäfte. Doch schon 1391 wurden rund 300 Juden in Palma bei einem Pogrom getötet, 1435 ist ein weiterer schwerer Übergriff dokumentiert und 1691 wurde es durch die Inquisition noch gefährlicher für sie. Spätestens jetzt konvertierten die jüdischen Inselbewohner zwangsweise zum Christentum. Spätestens ab da lebten die Xuetas oder Kryptojuden ihre Religion im Verborgenen, immer darauf bedacht, nach außen als rechtschaffene Christen zu gelten. Und so sollen die Xuetas die Ensaïmada erfunden haben, die vor Schweineschmalz nur so triefte, um zu zeigen, dass sie nicht mehr koscher lebten.

Ensaïmada.

Die Herkunft des rundförmigen Kuchens aus einem spiralförmig gerollten Teig aus Mehl, Zucker, Hefe, Ei und Schmalz ist unklar. Waren es die Juden oder ist die Ensaïmada doch arabischen Ursprungs? Völlig egal. Die Hefeschnecke schmeckt fantastisch, egal ob mit oder ohne Füllung.

Robiols.

Dabei handelt es sich um halbkreisförmige Gebäcktaschen aus Mehl, Schmalz, Öl und Eiern, wahlweise mit Kürbiskonfitüre, Quark, Pudding oder Marmelade gefüllt. Auch hier verhärtet sich die Annahme, dass sie jüdischen Ursprungs sind, denn in der sephardischen Küche wurde ein Gebäck mit dem Namen Borekas hergestellt, das ebenfalls in Halbmondform präsentiert wird. Allerdings ohne Schmalz!

Panades.

Dieses Gebäck ohne Hefe sieht wie ein runder geflochtener, kleiner Korb aus, der mit einem Tuch abgedeckt ist. Die Füllung kann aus Fleisch, Fisch oder Erbsen bestehen. Oder sie werden mit Lammfleisch gefüllt, dann aber meist zu Ostern. Zur Fastenzeit gibt es sie vorzugsweise mit Fischfüllung.

Cocarrois.

Diese haben die Form eines Halbmondes und bestehen aus einer sehr dünnen Mehlpaste, gefüllt mit Gemüse, Rosinen und Pinienkernen. Sie wurden traditionell nur während der Fastenzeit gegessen. Die jüdische Bevölkerung verzehrte ähnliches Gebäck zu Ostern. Dabei gibt es vielfältige Varianten: mit Gemüse und Mangold, mit Spinat, Rosinen und Pinienkernen, mit Zwiebeln oder mit Fisch und Meeresfrüchten. Und natürlich gibt es sie auch in der süßen Variante mit Marmelade gefüllt.

El Gustario – der umtriebige Gastrokritiker

Sven Ruge geht auch weiterhin seinem Beruf als kulinarischer Begutachter der inseltypischen Gerichte nach. Obwohl sein kleines Hotel viel Zeit in Anspruch nimmt, fährt er über die Insel, testet Restaurants und schreibt Artikel über die original mallorquinische Küche in angesehenen Magazinen oder kommt neuen Trends auf die Spur. Die Ausflüge unternimmt er zumeist mit seiner Freundin Sofia und deren Großmutter Patricia oder auch schon einmal mit seinen Freunden, dem Marquis Alejandro de Calderón und Paco Ferrer. Manchmal trifft er sich auch mit Alberto Seguí, dem Comisario aus Palma, der ihn schon öfter aus verzwickten, brandgefährlichen Situationen gerettet hat, wenn er wieder seine Nase in Dinge gesteckt hat, die ihn nur bedingt etwas angingen. Auch sein Freund Manuel Muñoz, der in ses Illetes ein kleines, aber exklusives Strandrestaurant betreibt, gibt ihm den einen oder anderen Tipp, wo es sich lohnt, hinzufahren. Und so sind Svens Ausflüge bestens dafür geeignet, sie nachzufahren und all das zu sehen und auszuprobieren, was er erlebt hat. Übrigens, die Restaurants sind alle von der Autorin getestet und für gut bis ausgezeichnet bewertet worden. Die teuerste, aber schmackhafteste Recherche ihres Lebens.

Castell d' Alaró – eine abenteuerliche Fahrt

Der Himmel ist leicht bewölkt und die Temperaturen angenehm. Doch auf Svens Stirn sammeln sich winzige Schweißperlen. Patricia, die wie immer neben ihm auf dem Beifahrersitz Platz genommen hat, bemerkt seine Anspannung.

»Sven, was ist los?«, fragt sie unverhohlen.

»Nun ja, Santa Maria del Camí haben wir nun schon hinter uns gelassen. Wenn wir durch den Ort Alaró sind, geht es gleich steil bergauf Richtung Castell d'Alaró.«

»Du willst zum Berggasthof Es Verger?«, fragt sie amüsiert.

»Wie du bestimmt weißt soll es da die beste Lammschulter auf der ganzen Insel geben. Und auch sonst noch weitere Köstlichkeiten, zum Beispiel ein ausgezeichnetes Spanferkel, Caracoles und einen eigenen Hauswein.«

»Und du hast Schiss vor den Serpentinen?«

Ohne dass es Sofia auf dem Notsitz bemerkt, nickt er leicht.

»Das haben schon ganz andere geschafft«, erwidert die alte Frau und tätschelt seine Hand, die auf der Schaltung liegt.

Sven lächelt gequält: »An meinen Fahrkünsten wird es nicht scheitern, aber ob er das schafft?« Dabei deutet Sven auf seinen alten Porsche.

»Der kriegt das hin«, versucht sie ihn zu beruhigen, und verzichtet diesmal auf die Bemerkung, dass er sich endlich ein neues Auto zulegen soll. Für Sofia ist es eine Zumutung, so beengt zu sitzen und auch ihr fällt es nicht leicht, aus dem tiefen Schalensitz herauszukommen.

*

Sie fahren weiter durch Olivenhaine mit den typisch mallorquinischen Steinmauern. Dann taucht das Schild »Castell d'Alaró« auf. Sven biegt nach rechts ab. Sofort verengt sich der Weg.

Ein riesiger Felsen ragt über die Straße, als ob er die Zufahrt verweigern wollte. Schon folgt eine scharfe Linkskurve und nun sind sie bereits auf der Zufahrt zum Bergbauernhof, die sich langsam nach oben schlängelt: schmal, mit Schotter bestückt und immer wieder diese engen Kurven. Am Wegesrand wuchern wilde Büsche mit Estragon und Majoran. Im Hintergrund sind die schroffen Felsen des Tramuntanagebirges zu sehen. Ab und an kommen ihnen Autos entgegen, aber das ist kein Problem. Plötzlich geht Sven in die Bremsen, vor ihnen ist ein Stau. Nichts geht mehr. Er zieht die Handbremse an, schaltet den Motor aus und wartet. Die Autos haben sich so verkeilt, dass es fast fünfzehn Minuten dauert, bis sie aneinander vorbeikommen. Die Fahrer der Wagen, die auf der Seite zum Abgrund stehen, müssen gut aufpassen, denn es besteht die Gefahr, einfach abzurutschen. Diese Herausforderung habe ich erst bei der Rückfahrt, geht es Sven durch den Kopf.

Sofia und Patricia hingegen genießen den ungewöhnlichen Blick auf die nahen Felsen, die im unteren Teil grün bewachsen sind und nach oben hin immer kahler werden. Endlich geht es weiter. Als sie schließlich auf dem Plateau angekommen sind, nicht ohne vorher noch zwei Ziegen auszuweichen, finden sie glücklicherweise noch eine Lücke auf dem vollen Parkplatz. Sven steigt schweißgebadet aus. Sein weißes Hemd klebt ihm am Rücken. Er dehnt sich kurz, atmet tief ein und genießt das Panorama und den Blick ins Tal. Dann zeigt er auf einen schmalen Weg, der zu dem flachen Gebäude des Gasthauses führt. An einer der alten Holztüren hängt ein Schild: »Cocina Malloquina. Abicato Todas los Dias del año.«

Sven schmunzelt. Kein Wunder, dass der Laden bei Dämmerung schließt, die Gäste müssen ja noch heil die Serpentinen herunterkommen. Zielstrebig geht er mit Sofia und Patricia am Arm auf die große Terrasse zu. Schnell blickt er noch in das Innere des Restaurants. An der Kasse sitzt eine junge Frau. Schade, denkt er, beim letzten Mal saß da noch der alte Eigentümer, ein Mann von über 90 Jahren, und schlug mit einer Klatsche nach den Fliegen. Ob es ihn noch gibt? Und ob die alte Köchin, die ihre Lammschulter im Bräter zubereitet und mit Bier übergossen hat, noch am Herd steht? Er wendet sich Patricia und Sofia zu und deutet auf einen Tisch auf der Terrasse. Sie setzen sich und schauen auf die Gipfel. Sven ist erneut begeistert von der besonderen Atmosphäre hier oben.

Patricia lächelt. »Die anderen Inseln der Balearen haben das nicht. Aber die Schweizer, Österreicher und auch ihr Deutschen steckt uns in die Tasche, wenn es um Berge geht.«

Sven erwidert ihr Lächeln. »Okay, unsere Berge sind höher, aber die Vielfalt der landschaftlichen Eindrücke hier auf Mallorca ist schon einmalig.«

*

Er greift zur Speisekarte und referiert: »Also, die Lammschulter und das Spanferkel sind hier ein absolutes Muss.«

Sofia stupst ihn an. »Teilen wir uns eine Portion Spanferkel?«

»Das schaffst du schon«, erwidert er und schaut dann Patricia fragend an.

»Ihr werdet doch eine alte Frau nicht mit der Lammschulter allein lassen«, lautet ihre Bemerkung zu Svens Empfehlung. Stattdessen bestellt sie sich Caracoles mit dem Kommentar: »Die sind besonders gesund.«

*

Das Essen ist ausgesprochen schmackhaft. Das Spanferkel ist so gut, dass Sofia alles aufisst, obwohl sie sonst meist schwächelt. Sven hat schwer mit der Lammschulter zu kämpfen, für die er sich dann doch entschieden hat, aber auch er schafft die große Portion, jedoch nicht ohne die beiden kosten zu lassen. Patricia schaut Sofia und Sven zufrieden an, nachdem sie die letzte Schnecke mit einem Zahnstocher aus ihrem Gehäuse befördert hat. Sven bestellt für sie drei jeweils einen Palo, den mallorquinischen Kräuterschnaps, und riskiert einen Blick ins Tal auf die Serpentinen. Die winden sich wie weiße Schlangen durch die Landschaft. Er atmet tief durch. Die Rückfahrt wird schon klappen, versucht er sich zu beruhigen.

Restaurantempfehlung:

Es Verger
Cami d'es Castell d'Alaró, 143
07340 Alaró

Rezepte:

Sopas Mallorquina – Mallorquinischer Eintopf

Das traditionelle Wintergericht ist sehr rustikal und stammt aus der Tramuntana. Es ist ein dicker herzhafter Eintopf, der aus dünnen Brotscheiben, Kohl, Zwiebeln,

Tomaten und anderen Gemüsen zubereitet wird. Ganz wichtig: Das Brot saugt die Brühe auf, wodurch eine dicke, fast eintopfartige Sauce entsteht.

Zutaten für 4 Portionen:

1 kleiner Weißkohl, 2 Paprika, 2 Tomaten, 2 Zwiebeln, 4 Knoblauchzehen, 200 g Schweinefleisch, 4 Scheiben altbackenes Brot, 1 Bund Petersilie, Olivenöl, Salz, Pfeffer, Paprika

Und so wird es gemacht:

Das Gemüse in kleine Stücke und den Weißkohl in Streifen schneiden. Das Schweinefleisch würfeln und in einem großen Topf mit Olivenöl anbraten. Nun die Zwiebelstücke und die Knoblauchscheiben hinzufügen und glasig dünsten. Tomaten und Paprika dazugeben und mitbraten. Den Weißkohl hinzugeben und mit Wasser auffüllen, bis alles bedeckt ist. Mit Salz, Pfeffer und Paprika würzen und noch 45 Minuten köcheln lassen.

Cochinillo – Spanferkel

Zutaten für 6 Personen:

1 Spanferkel, 2 EL Schweineschmalz, Bier, alternativ 1 Glas Weißwein, Salz, schwarzer Pfeffer

Und so wird es gemacht:

Spanferkel innen und außen waschen, abtrocknen und da, wo noch Haare oder Flaum vorhanden sind, absengen. Das Spanferkel zerteilen und das Fleisch mit Schweineschmalz einreiben und mit Salz und Pfeffer würzen. Die Teile des Spanferkels auf das Ofenblech legen, mit der Haut nach oben. Ein Glas Wasser dazugeben und dann eine Stunde lang im Ofen bei 170° C Umluft garen, bis die Haut knusprig ist. Die Teile umdrehen, mit Wein oder alternativ mit Bier begießen und weitere 30 Minuten lang braten. Nochmals umdrehen und weitere 20 Minuten die andere Seite nochmals braun werden lassen. Alternativ, wenn Schweineschmalz nicht gewünscht wird, können die Innenteile mit einer Marinade bestrichen werden aus Knoblauch, Petersilie, Öl, ein wenig Essig, einem Glas Cognac, ein wenig Zitronensaft, Salz, Pfeffer und Kräutern.

Caracoles con Sobrasada – Schnecken mit Sobrasada

Zutaten für 4 Personen:

4 Dutzend Hausschnecken, 100 g Sobrasada, 1 große Zwiebel, 6 Knoblauchzehen, 2 Tomaten, 3 EL Öl, 4 Kartoffeln, Salz

Für den Sud:

Frische Kräuter (Thymian, Majoran, Minze, Fenchel, Petersilie; zur Not auch getrocknet), 1 größere Speckschwarte, 1 Brühwürfel, 1 Chili, 1 Lorbeerblatt, Knoblauchmayonnaise, Bauernbrot

Und so wird es gemacht:

Die Schnecken mit Salz gründlich waschen und das Wasser mehrmals wechseln. 1½ Liter Wasser in einem großen Topf aufsetzen, die Zutaten für den Sud und die Schnecken in das kochende Wasser geben und bei kleiner Hitze 1 Stunde köcheln lassen. Nun nacheinander die klein gewürfelte Sobrasada, die fein gehackten Zwiebeln, den zerstoßenen Knoblauch und die klein gewürfelten Tomaten in einer Pfanne mit Öl gut anbraten und dann zum Sud hinzugeben. Alles zusammen 20 Minuten köcheln lassen. Danach die Speckschwarte und die Kräuter herausfischen und die Schnecken mit dem Sud in Tonschälchen servieren. Zu den Schnecken passt Knoblauchmayonnaise vorzüglich. Der Sud kann mit Bauernbrot aufgetunkt werden.

Campos – der Mittagstisch

Dichte weiße Wolken malen bizarre Bilder an den Himmel, nur vereinzelt schauen blaue Partien hervor. Die Sonne lässt sich noch nicht blicken und die Temperaturen liegen bei angenehmen 25 Grad. Sven fährt offen und genießt den milden Fahrtwind. Von Palma aus hat er die Ma-19 Richtung Llucmajor genommen und befindet sich nun auf der vor wenigen Jahren neu ausgebauten Schnellstraße nach Campos im südlichen Landesinneren. Er schmunzelt. An die damals einspurige Straße kann er sich noch gut erinnern. Auch an die riesige Baustelle, als die großen Bagger die rote Erde aufwühlten, nachdem die Gemeinde den Ausbau genehmigt hatte.

Zu viele Unfälle – auch tödliche waren darunter – hatten sich auf dieser Strecke ereignet. Trotzdem fragten sich viele Mallorquiner, ob das wirklich nötig war mit der Straßenverbreiterung. Denn es verschwanden nicht nur Olivenfelder. Man munkelte von Enteignungen des Landbesitzes.

Sven weiß nicht, ob da was dran war, aber er kann sich das gut vorstellen. Jetzt sind alle froh: eine zweispurige Straße in beiden Richtungen, alles sieht sehr gepflegt aus und die Busse mit den Touristen vom Flughafen kommen schneller und sicherer in die Hochburgen nach Colònia de Sant Jordi im Südwesten, nach Cala d'Or im Südosten oder weiter Richtung Osten nach Porto Cristo.

*

Er genießt die gut ausgebauten Straßen auf Mallorca und doch fragt er sich, wo das alles hinführen soll. Denn die aktuelle Regierung auf der Insel macht viele Gesetze und Beschlüsse der vorherigen wieder rückgängig. Hatte die letzte Regierung beispielsweise eine Obergrenze an Betten gefordert und wollte Neubauten von Hotels nur dann genehmigen, wenn dafür bestehende Anlagen abgerissen würden, war die derzeitige dagegen. Auch die Beschränkung der Anzahl von Kreuzfahrtschiffen im Hafen von Palma wurde wieder aufgehoben. Sven schüttelt den Kopf. Es gibt zu viele gierige Menschen, die machen die Insel noch platt. Von Wasserknappheit ist nichts mehr zu hören, und dass in den nächsten Jahrzehnten die Temperaturen sukzessiv ansteigen werden, sodass es womöglich unerträglich heiß wird, ist auch kein Thema. Dabei hat er gerade erst eine Fernsehsendung gesehen, in der Festlandspanier interviewt wurden, wie sie ihren Tag bei 45 Grad im Schatten gestalten wollen. Sven ist skeptisch. Wenn sich das alles so weiter entwickeln sollte, und nichts gegen die Verschwendung von Ressourcen unternommen wird, werden in 20 Jahren die Luxusimmobilien auf Mallorca zu Billigpreisen angeboten. Und wer will die dann noch? Er verscheucht die negativen Gedanken, dafür ist der Tag einfach zu schön.

*

Gerade hat er den Kreisverkehr am Ende der Schnellstraße erreicht. Von hier führen zwei Straßen an Campos vorbei, die eine auf direktem Weg Richtung Santanyí und Colònia de Sant Jordi. Auf der zweiten Straße geht es ebenfalls zu den zwei Orten oder weiter nach Felanitx. Er nimmt die zweite bis zum nächsten Kreisverkehr, dann fährt er ein Stück zurück und biegt rechts auf einen großen Parkplatz ab. Dahinter befindet sich das Restaurant Buffet Sa Travessia. Da will er hin, seine erste Anlaufstelle für einen Artikel über die beliebtesten, besten und vor allem bezahlbaren Mittagstische auf der Insel. Den Tipp hat er von seinem Freund Manuel Muñoz bekommen, der in der ses Illetes ein kleines, aber feines Strandrestaurant betreibt. Hier im Sa Travessia, das nur mittags geöffnet hat, sollen es sich Arbeiter, Senioren, Bankangestellte, leitende Beamte der Stadtverwaltung oder Intellektuelle gleichermaßen gut gehen lassen. Touristen verirren sich kaum hierher. Sven betrachtet das Gebäude. Es ist ebenerdig angelegt und mit einem auf schlichten Säulen ruhenden Pultdach ausgestattet. Unspektakulär, nur das Schild auf dem Dach,

»Restaurant Buffet« in blauen Lettern, ist von Weitem sichtbar. Er zieht die Tür auf und trifft direkt auf die Kasse. Dahinter sitzt eine Frau mittleren Alters. Sie lächelt ihn an und verlangt 10 Euro. »Sie können sich am gesamten Büfett bedienen. Ein Getränk ist inklusive, weitere Getränke werden beim Hinausgehen abgerechnet.« Sven bezahlt und geht durch die Schranke. Dann greift er nach einem Tablett und kommt sich vor wie in einer Kantine. Doch das Büfett auf einem langen Tisch im rechten Winkel angeordnet macht einen vielversprechenden Eindruck. Zuerst sieht er zwei riesige Töpfe mit Suppe. Auf dem einen Schild steht »Sopa de Peix«, altmallorquinische Fischsuppe übersetzt er für sich, auf dem anderen liest er »Pancuit«, Knoblauchsuppe. Große Tabletts mit Tapas und eine Vielzahl an Auflaufformen sind präsentiert, in denen verschiedene Gemüse, Fleisch und Fisch kredenzt werden, Pfannen mit Paella mit oder ohne Fisch, riesige Bleche mit Coca, der spanischen Pizza, unterschiedlich belegt, und am Ende Schalen mit Obst und eine stattliche Auswahl an Süßspeisen. Sven fühlt sich umhüllt von einer Duftwolke aus Knoblauch, gebratenem Fisch, Fleisch und Zwiebeln. Auch das typische Aroma von zerlassenem Schweineschmalz liegt in der Luft. Hinter dem Büfett reiht sich in einem großen Raum ein Tisch an den anderen, bedeckt mit weißen Papiertischdecken, einfachem Blechbesteck und Papierservietten. Fast jeder Stuhl ist besetzt und die Leute unterhalten sich angeregt. Er wendet seinen Blick wieder zum Büfett, über dem ein großes Schild hängt: »Por favor no desperdicien la comida. Gracias.« Er lächelt. Übersetzt lautet es in etwa: »Esst so viel, wie ihr mögt, aber bitte schmeißt kein Essen weg«. Langsam geht er an den Speisen entlang. Immer wieder lässt er anderen den Vortritt, die es eilig haben, oder genau wissen, was sie wollen. Er muss sich eingestehen, bei diesem Angebot etwas überfordert zu sein. Bedächtig nimmt er sich einen großen Löffel der Fideuà mit Fadennudeln und Fisch auf seinen Teller, der kleinen Schwester der Paella, dann eine Kelle Paella. Dazu ein gebratenes Hühnerbein, das umringt ist von Knoblauchknollen und geschmorten Auberginenscheiben. Das reicht für den ersten Gang, entscheidet er und steuert auf einen Tisch für vier Personen zu.

*

Erst probiert Sven die Paella, die ausgezeichnet schmeckt mit dem leicht angesetzten Reis, dem Kaninchenfleisch, Erbsen, Tintenfisch und Venusmuscheln. Kurze Zeit später setzt sich ein junger Mann in Arbeitskleidung zu ihm, nickt kurz und isst eilig frittierte Boquerones, die er immer wieder durch die Ajo zieht. Sven kostet nun die Fideuà und schmeckt Heilbutt und Lachs heraus. Der junge Mann steht auf und geht erneut zum Büfett. Er kommt mit einem Teller Croquetas zurück, die er in unterschiedliche Saucen taucht. Der El Gustario schaut fasziniert auf den gut gefüllten Teller, sodass der Arbeiter sich verpflichtet fühlt, etwas zu sagen.

»Hier gibt es die besten Croquetas weit und breit.« Er zeigt auf die Kroketten.

Sven weiß, die Zubereitung ist eine Kunst. Sie müssen komplett mit hauchdünner Panade umhüllt sein, nur dann entfaltet sich der Geschmack der Mousse darin.

Der Arbeiter schneidet eine auf und deutet auf das Innere. »Mit Jamón Ibérico gefüllt.« Dann hält er Sven die Krokette hin, in die er gerade gebissen hat. »Eine Pilzfüllung«, teilt er seinem Gegenüber mit. Schon weist er auf die Nächste. »Und die hier mit Kabeljau.« Er lacht und hebt den linken Zeigefinger. »Ganz wichtig ist die richtige Sauce dazu.« Sven nickt, lächelt und fordert den jungen Mann so auf, fortzufahren. »Ohne den passenden Dip schmeckt es nur halb so gut.«

Sven fragt ihn danach und bekommt prompt den Inhalt der kleinen Schälchen erläutert. Er zeigt nacheinander auf die Saucen: »Das ist ein Dip mit Avocado, der ist mit Chili und dieser hier mit Ajo.« Der junge Mann isst rasch zu Ende und geht erneut an das Büfett. Zurück kehrt er mit einem Teller gedünstetem Gemüse und einer gebratenen Banane als Dessert.

*

Sven schaut sich suchend um, dann sieht er in einem Kühlschrank Weinflaschen. Er nimmt sich ein Glas von einem Tablett und gießt sich ein. Nach dem ersten Schluck ist er bereit für das Hühnerbein und die in Olivenöl angebratenen Auberginenscheiben. Es ist krossgebraten und die ganze Knoblauchknolle wunderbar geschmort, sodass er den gebratenen Knoblauch aus der Schale zieht und probiert. Er zergeht auf der Zunge, ist mild und doch aromatisch. Der junge Mann ist bereits wieder fort, da setzt sich ein anderer an seinen Tisch, grüßt kurz und beschäftigt sich still mit einer großen Portion Tomatensalat. Sven betrachtet auch ihn. Er ist etwas älter und wirkt ausgesprochen gepflegt. Nachdem er den Tomatensalat aufgegessen hat, holt er sich einen Teller mit gedünstetem Gemüse, Brokkoli, Blumenkohl, Auberginen, Paprika und Pilze.

Sven lässt seinen Blick über die anderen Tische gleiten. Das Publikum ist ziemlich gemischt. Er sieht junge Paare mit Kindern, viele Männer in Arbeitskleidung oder im sommerlichen Anzug, aber nur wenige Frauen, die allein gekommen sind. Überall bemerkt er mächtige Portionen auf den Tellern. Aber alle halten sich an die Bitte auf dem Schild, keiner der Teller wird mit Resten zurückgebracht. Denn das gehört sich hier so: Es wird nur so viel genommen, wie man auch schafft, und das Geschirr wird von den Gästen selbst abgeräumt. Sven steht auf und geht erneut zum Büfett. Wieder betrachtet er in aller Ruhe die angebotenen Speisen. Dann nimmt er sich ein Stück Kalbszunge in Kapernsauce und eine kleine Portion weiße Bohnen im Sud mit einer Schweinerippe. Zurück am Tisch probiert er erst einmal die Kalbszunge. So eine schmackhafte Zunge hat er bisher erst einmal gegessen, in Sineu war das. Er überlegt. Genau, in der Celler Es Palau. Dabei bemerkt er nicht, dass sein Tischnachbar ihn beobachtet.

Nun meint dieser lächelnd: »Hier gibt es typisch mallorquinische Küche zu einem sagenhaften Preis, viel und ausgesprochen schmackhaft.«

Sven grinst. Das ist auch seine Einschätzung. Wie sich das für die Restaurantbetreiber rechnet, weiß er nicht, aber das Angebot ist sensationell, auch wenn es jeden Tag womöglich die gleichen Gerichte geben wird. Aber die Auswahl ist ja auch enorm.

*

Nachdem er noch die Schweinerippe im Sud gekostet hat, die etwas fettig war, aber köstlich angemacht mit Kartoffelstücken und weißen Bohnen, die dem Ganzen eine leicht cremige Konsistenz verleiht, ist er für einen Nachtisch zu satt, obwohl auch hier das Büfett so einiges zu bieten hat. Er bestellt sich einen Cortado, doch das Völlegefühl will nicht weichen. Was jetzt, fragt er sich. Nachdem er seinen Espresso mit Milch bei der

Frau an der Kasse bezahlt hat, fährt er kurz entschlossen die knapp 20 Kilometer bis zur Cala Santanyí und legt sich an den kleinen Strand in den Sand. Er schläft sofort ein. Als er eine Stunde später aufwacht, fühlt er sich benommen, aber nicht mehr so übermäßig gesättigt. Den Sonnenbrand, den er sich eingefangen hat, wird er mit der Aloe-Vera-Creme seiner ehemaligen Vermieterin Consuelo Sánchez behandeln, die hat ihm bisher immer geholfen. Er geht die paar Schritte zum Strandrestaurant mit angeschlossenem kleinen Hostal und bestellt einen weiteren Cortado. Dann lässt er seinen Bick über die Bucht gleiten. Rechts über den Felsen liegt das mehrstöckige Hotel, von dem er gehört hat, es sei ordentlich und mit einem guten Preis-Leistungs-Angebot, nur die Küche wäre eher international und keineswegs mallorquín. Darunter die kleine Tauchschule, die geschlossen aussieht, und zwei wunderschön hergerichtete Fischerhäuser. Auf der Seite des Strandrestaurants führt ein Weg nach oben zu einem Appartementhaus, zum Café Drac und schließlich zum Hostal Palmaria. Den Weg ist er schon einmal gegangen und so weiß er, dass die Häuser sich ganz passabel in die Natur einfügen. Nicht grundlos gehört die Cala Santanyí zu einer der schönsten auf der Insel. Er lächelt. Dann blinzelt er glücklich in die Sonne.

Restaurantempfehlungen:

Sa Travessia
Carretera Palma-Santanyí
07630 Campos

Celler Es Palau
Carrer de l'Esperança 28
07510 Sineu

Hostal Playa – Strandrestaurant
Carrer Cova des Drac, Playa Santanyí
07659 Cala Santanyí

Rezepte:

Mejillón relleno – Gefüllte und überbackene Miesmuscheln
Zutaten für 4 Personen:

2 kg frische Miesmuscheln, 2 Bund Petersilie, 4 Knoblauchzehen, 6 EL Semmelbrösel, 6 EL frisch geriebener Schafskäse (Manchego), 10 EL Olivenöl, 3 Zitronen, Salz und schwarzer Pfeffer

Und so wird es gemacht:

Die Miesmuscheln unter fließendem Wasser entbarten und abbürsten. Geöffnete Muscheln aussortieren und wegwerfen. ¼ Liter Wasser zum Kochen bringen, Miesmuscheln zugeben und zugedeckt bei starker Hitze so lange dämpfen, bis sich die Muscheln geöffnet haben. Geschlossene Muscheln aussortieren.

Petersilie waschen, trocken tupfen. Knoblauch schälen, zusammen mit der Petersilie fein hacken und in eine Schüssel geben. Semmelbrösel, Schafskäse und 7 EL Olivenöl zufügen und alles gut vermischen. Mit Salz und Pfeffer würzen. Backofen auf 200° C Umluft vorheizen. Zitrone waschen und achteln. Die abgekühlten Miesmuscheln auseinanderbrechen, leere Schalen wegwerfen und die Muschelhälften mit der Füllung bestreichen und in eine flache Greixonera legen. Im Backofen etwa 10 Minuten backen, bis die Füllung leicht gebräunt ist. Die gratinierten Muscheln mit dem übrigen Olivenöl beträufeln und mit den Zitronenspalten dekorieren. Dazu Weißbrot servieren.

Llengua de Vedella amb Tàperes – Kalbszunge in Kapernsauce
Zutaten für 4 Personen:

1 bis 2 Kalbszungen (ca. 800 g), 50 g Sobrasada, 2 EL Öl, 1 große Zwiebel, 4 Knoblauchzehen, 2 Lorbeerblätter, 2 Nelken, Pfefferkörner, 1 Zimtstange, einige Safranfäden, 4 bis 5 Kartoffeln

Für die Sauce:

2 EL Schweineschmalz, 2 EL Speisestärke, 100 ml Milch, 30 g Kapern (am besten in Essig eingelegt), Zweige von

frischen Kräutern (Fenchel, Kerbel, oder Petersilie)

Und so wird es gemacht:

In einem großen Topf die Zunge und die in Scheiben geschnittene Sobrasada in heißem Öl anbraten. Mit ½ Liter Wasser aufgießen und salzen. Die in Scheiben geschnittene Zwiebel, die zerstoßenen Knoblauchzehen und die Gewürze dazugeben und alles ca. 1 ½ Stunden kochen. Kartoffeln schälen, vierteln und die restlichen 20 Minuten mitkochen. Die Zunge herausnehmen und im kalten Wasser abschrecken, schälen, in dicke Scheiben schneiden und in einer Greixonera warm stellen. Kartoffeln, Zwiebel, die Scheiben der Sobrasada herausschöpfen und warm stellen. Dann getrennt servieren.

Die Sauce: Schmalz erhitzen und mit Speisestärke eine helle Einbrenne machen. Mit etwa ¼ Liter Sud und der Milch aufgießen. Kapern samt der Lake und den klein gehackten Kräutern dazugeben. Kurz aufkochen und über die Zungenscheiben gießen.

Conejo marinado – Mariniertes Kaninchen

Zutaten für 4-6 Personen:

1 Kaninchen (1-1,2 kg), Mehl zum Bestäuben, 4 EL Öl, 1 große Zwiebel, 1 Knoblauchknolle, 2 Tomaten, 2 Lorbeerblätter, 10 Pfefferkörner, 5 Wacholderbeeren, 2 Nelken, einige Safranfäden, 1 Messerspitze Zimt, ½ Liter herber Weißwein, 1 ml Rotweinessig, 1 Orange, Salz, Pfeffer

Und so wird es gemacht:

Kaninchen zerteilen, mit Salz und Pfeffer würzen und mit Mehl bestäuben. Öl in einer Pfanne erhitzen und die Kaninchenteile von allen Seiten rundherum goldbraun anbraten. In einer großen Greixonera bei kleiner Hitze Fett gut ausbraten und die Kaninchenteile dort warmhalten. In der vorherigen Pfanne etwas von dem restlichen Fett abgießen und darin nacheinander die in Scheiben geschnittene Zwiebel, die Knoblauchknolle und die geschälten, klein gewürfelten Tomaten anbraten. Lorbeerblätter, Pfefferkörner, Wacholderbeeren, Nelken, Safran und Zimt hinzugeben, mit Wein und Essig aufgießen, aufkochen und über das Kaninchen gießen, bis es ganz mit Flüssigkeit bedeckt ist. Im Backofen bei 200° C Umluft 1 Stunde schmoren. Die mittlerweile weiche Knoblauchknolle herausnehmen und beim Servieren auf das Kaninchen legen. Das Ganze mit Orangenscheiben garnieren. Dazu passen Kartoffelschnitze oder einfach nur mallorquinisches Landbrot.

Colònia de Sant Jordi – aus den Tiefen des Meeres

Sven hat Campos hinter sich gelassen und ist bei der Abzweigung Richtung Colònia de Sant Jordi gefahren. Nun erstreckt sich vor ihm eine typisch mallorquinische Landstraße, hin und wieder sind Felder mit alten Steinmauern abgegrenzt, die an manchen Stellen bröckeln. Die groben Steine sind ohne Mörtel oder Zement aufeinandergesetzt und nach über hundert Jahren fällt da schon mal ein Teil in sich zusammen. Eine Kunst, die nicht mehr so viele Mallorquiner beherrschen, die aber mittlerweile wieder große Beachtung findet, spätestens seit diese Technik 2018 zum Weltkulturerbe erhoben wurde. Sven erinnert sich daran, etwas über den Beruf der »Margers« gelesen zu haben, eine Tradition, die bis ins 13. Jahrhundert zurückgeht. Die Ausbildung dauert zwei Jahre, dann sucht man sich eine Anstellung und intensiviert sein Können. Leider ist der Beruf nicht geschützt und so gilt es, Empfehlungen einzuholen, wenn man eine traditionelle Steinmauer ausbessern oder errichten lassen will.

Er freut sich beim Anblick der typisch mallorquinischen Natur. Wilde Olivenbäume, Steineichen und Macchia-Sträucher säumen die inzwischen breiter gewordene Straße. In sanften Wellen geht es mal rauf, mal runter.

Er lässt die Abzweigung zum Strand Es Trenc rechts liegen und fährt geradeaus bis zu einem Kreisverkehr. Den Job in Brüssel hätte ich gern, denkt er, Fördergelder bewilligen für Verkehrsinseln auf Mallorca und die mit Kunst bestücken. Wenn es dann für jedes dieser umgesetzten Straßenbauprojekte noch eine finanzielle Provision gäbe, wäre er ein gemachter Mann. Dass lokalen Künstlern hier eine Plattform geboten wird, findet er klasse. Dass durch die Kreisel die Geschwindigkeit minimiert wird und so weniger Unfälle passieren, leuchtet ihm ein. Aber er ist auch der Meinung, die Mallorquiner übertreiben es: Alle paar Hundert Meter ein Kreisverkehr ist einfach zu viel des Guten. Sofia schaut ihn von der Seite an. Sie kennt ihn gut genug, um zu wissen, dass er tief in Gedanken versunken ist.

*

»Was geht dir durch den Kopf?«

Sven wendet sich ihr kurz zu. »Ach nichts Besonderes«, antwortet er, um sie sogleich zu fragen: »Wieso gilt Colònia de Sant Jordi als Touristenhochburg? Das, was ich bisher von diesem Ort gesehen habe, ist eine schöne Promenade am Hafen, ein weitläufiger Strand gegenüber und ein Städtchen, wo mehr Einheimische leben, als sich Touristen eingemietet haben.«

Sofia lacht. »Colònia de Sant Jordi ist zweigeteilt. Der

ehemalige Fischerort ist die Keimzelle, hier gibt es viele Häuser, wo Mallorquiner leben. Und wenn du vom Hafen aus am Meer entlanggehst, sieht es genauso aus. Erst wenn du die Avinguda Primivera in der Mitte des Ortes Richtung Westen nimmst, wird es touristisch. An ihrem Ende gibt es dann leider auch große Hotels.«

»Aber insgesamt noch harmlos«, meint Sven.

Sofia zuckt mit den Schultern. »Wie es hier im Hochsommer aussieht, kann ich dir nicht sagen, aber im Frühjahr und Herbst ist es beschaulich und die Touristen fallen kaum auf.«

Nach einem weiteren Kreisverkehr, bestückt mit einem Fischerboot, biegen sie auf die Zufahrtsstraße nach Colònia de Sant Jordi ein. Rechter Hand sehen sie ein großes Feld, auf dem ein Schild »Zu verkaufen« steht.

»Oh, was mag das kosten?«, fragt Sven.

»Das willst du nicht wissen«, antwortet Sofia. »Die Preise sind unbezahlbar hoch. Erst letztens habe ich gehört, dass Wohnungen in neugebauten Mehrfamilienhäusern hier in Colònia de Sant Jordi, die rund 100 Quadratmeter groß sind, 800.000 Euro kosten, wohlbemerkt ohne Meeresblick. Ein Wahnsinn.« Als sie in den Ort hineinfahren, bemerkt sie: »Schau mal, die Straße ist neu geteert und super Parkbuchten sind entstanden.«

»Ja, es hat sich einiges getan, seit ich das letzte Mal hier war, aber dieser Ort ist schon länger dafür bekannt, dass er besonders gepflegt ist.«

»Die Gemeinde ist immer schon recht wohlhabend gewesen und vor gut zwanzig Jahren haben sich einige hohe Politiker hier ihre Sommerresidenzen geschaffen.«

Sven fragt in einem leicht amüsierten Tonfall: »Mag das Auswirkungen gehabt haben?«

Die beiden lachen und Sofia küsst ihn leicht auf die Wange.

*

An der nächsten Kreuzung fährt Sven nach rechts. Schon gelangen sie auf die Einkaufsmeile des Städtchens mit ihren vielen Souvenirläden, einigen interessanten Geschäften und Restaurants. Die Straße zieht sich. Schließlich biegt er links auf die Carrer Alexandre Farnese ab. An einer Ecke parkt er direkt vor dem Restaurant Antonio.

»Also hierhin entführst du mich heute.«

Sofias breites Grinsen freut Sven, der demonstrativ nickt. »Es soll richtig gut sein und das überprüfen wir gleich.«

Doch bevor sie die wenigen Treppenstufen hinauf zur Terrasse gehen, zeigt er mit der Hand die Straße zum Wasser entlang.

»Komm, lass uns noch einen Blick auf das Meer werfen«, fordert er seine Freundin auf.

Sie gehen die wenigen Meter und setzen sich auf eine

Bank. Das Wasser liegt ruhig vor ihnen davor breite, flache Felsen, kahl, fast schwarz, die ins Meer zu wachsen scheinen.

»Schwimmen ist hier wohl nicht so einfach«, bemerkt Sven, doch Sofia deutet auf einen kleinen Sandstrand rechts von ihnen, wo es möglich ist, unbeschadet hinein zu gehen.

Sven blickt sich weiter interessiert um. Hinter ihm befinden sich mit Blick auf das Meer Häuser mit maximal vier Stockwerken und schönen Balkonen und Loggien davor. Rechts von ihrem Sitz aus sieht er die ersten größeren Hotelbauten. »Wohin geht es da?« Er zeigt in die andere Richtung nach links.

»Zurück zum Hafen von Colònia de Sant Jordi, und zwar auf einem schmalen Holzsteg und vorbei an einigen alten Fischerhäusern. Sehr romantisch.«

Dann deutet er auf die Insel vor ihnen. »Cabrera?«, fragt er, obwohl er es weiß.

Sofia bejaht. »Ein Archipel aus 18 Inseln und mit viel Vergangenheit. Als Barbarossa an den Mittelmeerküsten Angst und Schrecken verbreitete, befand sich dort ein Piratenunterschlupf.«

Sven horcht auf. »Unser Barbarossa?«

Sofia lacht. »Ja, euer Friedrich I., wenn ich mich recht erinnere, der Kaiser des römisch-deutschen Reiches, der gleich fünf Mal einen Italienfeldzug gewagt hat.«

»Und später?«

»Ja, Jahrhunderte später ...« Sie überlegt kurz. »In den sogenannten spanischen Unabhängigkeitskriegen von 1807 bis 1814 wurde 1809 eine Art Internierungslager für einen Teil der französischen Gefangenen eingerichtet. 1916, also im Ersten Weltkrieg, wurde dann dort eine Garnison installiert und im Zweiten Weltkrieg soll Franco, doch das ist wohl eher eine Legende, die Anweisung gegeben haben, auf dem Archipel ein Depot mit Antibiotika einzurichten, auf das die deutschen U-Boot-Besatzungen Zugriff hatten.«

»Spannend! Die Insel ist aber immer noch unbewohnt?«

»Ja, und immer noch militärisches Sperrgebiet. Deshalb ist die Besichtigung eingeschränkt, aber es gehen beispielsweise von Colònia de Sant Jordi täglich Ausflugsboote auf die Insel.«

»Wäre das was für uns?«

Sofia fährt ihm mit der Hand durch seine Haare. »Warum nicht? Man kann da sogar in einer einfachen Herberge übernachten.« Sie schaut ihren Freund verschmitzt an. »Aber ob dir das als begeisterter Wanderer Spaß macht, wage ich zu bezweifeln.«

Sven hat den Seitenhieb verstanden. Er springt von der Bank auf und verkündet: »So, jetzt habe ich Hunger.«

Sofia schaut noch einmal über die flachen Felsen, die in das Wasser hineinragen, dann folgt sie ihm die Straße zurück zum Restaurant. Sven zeigt auf einen der letzten freien Tische auf der Terrasse. Von hier aus haben sie den unverbauten Blick auf das Meer.

»Die sind auf Meeresfrüchte spezialisiert?«, fragt Sofia, die einen schnellen Blick auf die Schiefertafel am Eingang geworfen hat. Sven nickt und reicht ihr die Karte. »Bei den Preisen vergeht einem ja der Appetit«, rutscht es ihr aufgebracht heraus.

»Nun ja, preiswert ist das Essen hier nicht, aber wenn es denn gut ist.«

Sofia schüttelt den Kopf. »Kein Fischgericht unter 30 Euro«, ruft sie entsetzt aus.

Sven gibt ihr mit einer Handbewegung zu verstehen, sich zu beruhigen, und flüstert ihr zu: »Das ist normal.«

»Nein, Sven, da mache ich nicht mit, auch wenn du mich einlädst. Das ist absurd!«

Er hat größte Mühe, Sofia zu besänftigen, die eigentlich nicht so schnell aus der Ruhe zu bringen ist. Demonstrativ bestellt sie nur eine Vorspeise: Vieiras a la Plancha. Sven entscheidet sich für Llenguado. Beide Gerichte sind ausgezeichnet. Die Jakobsmuscheln zergehen auf der Zunge, so zart sind sie, gut gewürzt mit etwas Chili, Pfeffer und Knoblauch, haben sie doch noch ein etwas süßliches Aroma. Die Seezunge von Sven ist etwas klein geraten, aber dennoch sehr schmackhaft, nur ganz leicht mit Mehl bestäubt und goldbraun in der Grillpfanne gebraten, besitzt sie einen mild-würzigen Geschmack mit einer leicht nussigen Note. Ein Gedanke kommt ihm in den Sinn: Ob sie beide zu der letzten

Generation gehören, die diese Auswahl an Meeresfrüchten noch genießen kann? Schon seit Jahren ist das Mittelmeer leergefischt, und doch ist das Angebot reichlich. Viel ist Zuchtfisch und manches kommt aus Übersee, doch immer wieder wird Fisch aus dem Mittelmeer, selbst von den Küsten Mallorcas angepriesen. Er kann sich das nur so erklären, dass neue Fangmethoden bis in die tiefsten Tiefen gehen und so Mallorca nicht mehr wie noch die letzten Jahrhunderte als schwer befischbar gilt. Vielleicht zeigen auch die strikten Gesetze beim Seefischfang endlich Erfolg und die Vorkommen an Meeresgetier haben sich etwas erholt. Doch von diesen Überlegungen sagt er Sofia nichts und genießt weiter seine Seezunge.

Restaurantempfehlungen:

Antonio
Carrer Alexandre Farnese, 5
07638 Colònia de Sant Jordi

Restaurant S'Arrosseria
Carrer Estrella de Mar, 5
07638 Colònia de Sant Jordi

Rezepte:

Sopa de Pescado – Fischsuppe

Zutaten für 4 Portionen:

800 bis 1000 g filetierter Sankt-Petersfisch (wahlweise auch Drachenkopf, Seezunge oder Flunder), 8 Gambas in der Schale, 1 Knoblauchzehe, 1 kleine Zwiebel, 1 Stange Staudensellerie, ½ Fenchelknolle, 2 Strauchtomaten, 1 Thymianzweig, 5 Zweige Estragon, 1 Stängel Dill, 5 Stängel Petersilie, 3 Stängel Fenchelkraut, 4 EL mildes Olivenöl, 1 TL Zucker, 100 ml trockener Weißwein, 50 ml trockener Hierbas, 1 Liter Fischfond, 5 Safranfäden, 1 Spritzer Zitronensaft, 2 EL Krustentieröl, Olivenöl, 20 g Butter, Salz, 1 Schuss Brandy, Prise Zucker

Und so wird es gemacht:

Am besten Fischfilets nehmen, das erspart eine Menge Arbeit. Wenn kein ganzer Fisch verarbeitet wird, Fischkopf und Fischkarkassen einpacken lassen. Nur bei den Gambas in Schale empfiehlt es sich, Hand anzulegen und diese vom Darm zu befreien. Doch nun geht es endlich los: Knoblauch und Zwiebeln schälen und in Scheiben schneiden. Sellerie und Fenchel waschen, putzen und würfeln. Tomaten ebenso waschen und würfeln. Kräuter waschen. Nun Olivenöl im Topf erwärmen und die Gambas mit Schale darin rösten, bis sie Farbe angenommen haben. Zwiebeln, Knoblauch, Sellerie und

Fenchel dazugeben und einige Minuten andünsten. Tomatenwürfel und Zucker hinzufügen. Das Ganze mit Weißwein ablöschen und einkochen lassen. Fischkarkassen sowie den Kopf des Fisches und den Thymianzweig dazugeben. Den Topfinhalt mit dem Fond aufgießen, aufkochen und 10 Minuten leicht köcheln lassen. Die übrigen Kräuter dazugeben, den Topf vom Herd nehmen und den Fond 5 Minuten ziehen lassen. In der Zwischenzeit die Safranfäden 10 Minuten lang in Zitronensaft einlegen. In einer Pfanne etwas Krustentieröl erhitzen. Die Fischstücke und die restlichen Gambas (diesmal von der Schale befreit) leicht salzen und kurz im Öl glasig braten, dann auf einem Teller beiseitestellen. Die Suppe durch ein feinmaschiges Sieb in einen zweiten Topf gießen. Mit der Schöpfkelle das Gemüse gut durchdrücken. Die Suppe leicht köcheln lassen, bis sie auf 800 ml reduziert ist. Nun die Zitronen-Safran-Mischung in die Brühe geben und mit Salz abschmecken. Butter und Brandy dazugeben und die Suppe mit dem Stabmixer aufschäumen. Jetzt nicht mehr köcheln lassen! Die kleinen Fischstücke und die Gambas in einer warmen Suppenschale anrichten und die heiße Suppe darüber gießen.

Vieiras a la Plancha – Jakobsmuscheln vom Grill

Zutaten für 4 Personen:

700 g Jakobsmuscheln, ausgelöst, 1 EL Olivenöl, 2 Zitronen, unbehandelt, etwas Chili, Salz, Pfeffer

Und so wird es gemacht:

Muscheln unter kaltem Wasser waschen und trocken tupfen. Zitronen waschen, trocken tupfen und jeweils eine Zitronenhälfte auspressen. Öl und Zitronensaft verrühren und die Muscheln darin wenden. Die Muscheln auf den heißen Grill legen und unter Wenden 3 bis 4 Minuten grillen, salzen, pfeffern und wenige Chiliflocken darauf verteilen. Die restliche Zitrone in Scheiben schneiden. Damit die Jakobsmuscheln servieren und nach Belieben mit Kräutern garnieren.

Llenguado a la Plancha – Seezunge aus der Grillpfanne

Zutaten für 4 Personen:

4 kleine Seezungen, 4 unbehandelte Zitronen, 100 g Butter, 1 TL Mehl, Salz, Pfeffer, Mehl zum Wenden, 4 EL Öl, 4 cl Gin, 1 Bund Petersilie

Und so wird es gemacht:

Die Seezungen waschen und trocken tupfen. Von den Zitronen die Schale fein abreiben und den Saft auspressen. Schalen und Saft mit der Butter, dann mit Mehl und Salz in einem kleinen Schälchen mischen. Fische mit

Pfeffer würzen und in Mehl wenden, überschüssiges Mehl abschütteln. Backofen auf 80° C Umluft vorheizen. In einer großen Pfanne das Öl erhitzen und die Seezungen auf jeder Seite 4 bis 5 Minuten braten. Kurz bevor die Fische fertig sind, salzen. Die fertigen Fische abtropfen lassen und auf einer Servierplatte im Ofen warmhalten. Das Bratfett aus der Pfanne abgießen, mit Gin ablöschen und den Bratensatz lösen. Danach die Zitronenbutter einrühren und die Petersilie hinzufügen. Die Seezungen auf den Tellern anrichten und mit etwas Zitronenbutter beträufeln. Den Rest der Butter in einer Sauciere reichen.

Palma – wo sich einst die Zocker trafen …

Sven schlendert die Carrer Nuredduna entlang. Wie so oft ist er zu früh und so schaut er sich ohne Eile um. Pere Garau gilt immer noch als das Einwandererviertel Palmas und besticht auch heute noch durch die kulturelle Vielfalt und den maroden Charme der Architektur. Alte Häuser mit schmiedeeisernen Geländern an den Balkonen oder an den Eingangstüren sind hier ebenso zu sehen wie hässliche Erker, die in den Straßenraum hinausragen, oder andere Bausünden aus den 1970er- bis 1990er-Jahren. Sven lächelt. Alles etwas heruntergekommen. Aber wenn er ehrlich ist, sieht es unweit der Plaça Major, einige Straßenzüge entfernt von den Einkaufsboulevards der Altstadt von Palma mit ihren noblen Geschäften, auch nicht anders aus. Immerhin wird hier gerade die Pflasterung der Bürgersteige erneuert. Mit nicht ganz so exklusiven alten Marmorplatten wie in den kleinen Fußgängerstraßen in der Altstadt, aber wahrscheinlich auch nicht so spiegelglatt. Sven erinnert sich noch gut, wie er einmal bei Nieselregen wegrutschte und gegen eine Fassade knallte. Er hatte mehr Glück als Verstand und kam mit einigen wenigen Blessuren davon.

*

Von Weitem sieht er schon eine große, rote Markise und Bistrotische mit Korbstühlen auf dem Gehsteig, die zu der Bar Mónaco gehören könnten. Hier ist er mit Alberto Seguí verabredet. Er beschleunigt seinen Schritt. Sven weiß, er hat dem Hauptkommissar in all den Jahren ihrer Bekanntschaft viel zugemutet, aber immer hat dieser ihm vertraut und aus mehr als einer brenzligen Situation herausgeholfen. Er mag gar nicht daran denken, was aus ihm ohne Alberto Seguí geworden wäre. Womöglich würde er völlig vergessen in dem großen Gefängnis von Palma verrotten, das erst ein paar Jahre alt ist, aber schon bei der Eröffnung viel zu klein konzipiert war. Er wischt den Gedanken beiseite. Nein, das hätten seine Freunde nicht zugelassen, allen voran der Marquis, sein väterlicher Freund, aber ebenso Paco und Manuel. Sven lächelt in sich hinein. Alberto und er haben sich fast schon angefreundet, soweit das mit diesem Polizisten, dazu noch Mallorquiner, innerhalb von nur fünf Jahren möglich ist. Immerhin treffen sie sich in regelmäßigen Abständen mittags auf einen Snack. Diesmal ist es die Bar Mónaco.

*

Sven bleibt vor dem Eingang, an der Stirnseite des alten Gebäudes, das von zwei Straßen eingerahmt wird, stehen. Die Flügeltüren sind geöffnet. Schon von außen glaubt er zu wissen, was ihn drinnen erwarten wird: eine kleine Zeitreise zurück in die 1920er-Jahre. Er betritt den großen Raum und sucht die Tische nach Alberto ab. Doch der Hauptkommissar ist noch nicht da. Er setzt sich an den ersten Tisch rechts vom Eingang und lässt seinen Blick schweifen. Schräg gegenüber ist eine lange Theke aus dunklem Holz davor Barhocker, dahinter eine riesige Kaffeemaschine. Im Regal darüber stehen viele bunte Flaschen: Liköre und härtere Sorten. Der Boden ist typisch für die damalige Zeit in weißen und schwarzen Fliesen gehalten, die Tische tragen Marmorplatten und zum Sitzen gibt es klassische Bistrostühle. Doch was ihn besonders beeindruckt, sind die großen Fenster in geschwungenen Holzrahmen: zwei Fenster, ein Oberlicht. Er fühlt sich hier sofort wohl und bestellt einen Cortado bei einem Ober, der sofort an seinen Tisch geeilt ist. Dann schaut er sich weiter um. In einer Nische erblickt er ein gut bestücktes Bücherregal und nicht weit entfernt eine geschwungene Treppe, die in den oberen Stock führt. Was dort wohl sein mag? Da Alberto Seguí immer noch nicht zu sehen ist, greift er nach der Speisekarte. Ein kurzer Blick verrät ihm, dass es hier typisch mallorquinisches Essen gibt, vor allem eine große Auswahl an Tapas. Doch bevor er sich entschieden hat, steht der breitschultrige Hauptkommissar vor ihm, begrüßt ihn mit einem breiten Grinsen und leuchtenden Augen herzlich und lässt sich auf dem Stuhl ihm gegenüber nieder.

»Gut, dass du schon da bist. Ich habe heute leider nicht viel Zeit.«

»Ein neuer Fall?«, fragt Sven.

Seguí bejaht: »Ziemlich kompliziert und verfahren. Und wer wirft mir mal wieder Knüppel zwischen die Beine?«

Sven lacht. »Dein alter Chef Navarro kann es ja nicht mehr sein.«

»Nein, der hat sich, wie du weißt, zum Schluss selbst ein Bein gestellt. Der neue ist hingegen auch nicht besser. Nicht so cholerisch wie Navarro, aber aus gleichem Holz geschnitzt. Es kann doch nicht sein, dass wieder ein einziger Mann so viel Einfluss hat, die Ermittlungsergebnisse zu ignorieren und alles so auszulegen, wie es ihm passt.«

»Du meinst, er schützt die Menschen, die ihn schmieren?«

Seguí nickt nur, dann greift auch er nach der Karte. »Hast du dir schon etwas ausgesucht?«

»Ich wollte Callos probieren.«

»Gute Idee, der Kuttel-Eintopf ist hier ausgezeichnet und wie du ahnst, ein typisch spanisches Essen.«

»Nicht mallorquín?«, will Sven wissen.

Seguí lacht auf und unterstreicht seine Antwort mit einer abwägenden Handbewegung: »Die einen sagen so, die anderen so.«

Svens Neugier ist geweckt. »Wie ist es denn nun genau?«

»Na ja, steht Callos la Madrileña auf der Karte, dann ist es die Variante aus Madrid, ansonsten wird es wohl mallorquín sein. Übrigens meist vom Rind, manchmal vom Kalb, aber seltener vom Lamm, also anders als beim Opferschmaus der alten Griechen.«

»Die Griechen haben ihre Kutteln vom Lamm genommen?«

Seguí freut sich, dem Gustario einen Schritt voraus zu sein. »Ja, Kokoretsi, also die griechischen Kutteln, waren damals vom Lamm.«

»Interessant. Doch woraus besteht nun der Unterschied zwischen den spanischen und den mallorquinischen Callos?«

»Gute Frage.« Seguí überlegt kurz. »Wenn sie mit Sobrasada gemacht sind, ist es mallorquín, mit einer anderen Paprikawurst eher spanisch.«

»Aha.« Sven ist nicht ganz überzeugt, denn die Mallorquiner genießen zwar ihr Essen, aber wie was gemacht wird, interessiert sie im Grunde nicht. Ob das wohl früher anders war?, fragt er sich kurz, dann will er von Seguí wissen: »Und was nimmst du?«

»Pilotes, die Hackfleischbällchen sind aromatisch und doch fühlt man sich danach nicht zu gesättigt.«

Sie klappen die Karten zu und geben dem Ober mit einem Wink zu verstehen, dass sie bestellen möchten.

Sven greift den Gesprächsfaden wieder auf. »Bis auf den neuen Fall geht es dir aber gut, oder?«

»Ja, solange mein deutscher Freund nicht wieder in Schwierigkeiten gerät.«

Sven ist erstaunt, das Wort »Freund« aus dem Mund des Hauptkommissars zu hören. Er sagt darauf nichts und genießt im Stillen die damit verbundene Zuneigung.

»Wie gefällt dir die Bar Mónaco?«, fragt Seguí unvermittelt.

Sven ist froh über den erneuten Themenwechsel. »Das Ambiente ist sagenhaft. Ist das hier auf alt gemacht oder hat das Tradition?«

Seguí schmunzelt. »Du hinterfragst aber auch alles.« Kaum haben sie ihre Bestellung aufgegeben und zu dem Essen jeweils ein Glas trockenen mallorqinischen Weißwein des Gutes von José Luis Ferrer bestellt, beginnt er zu erzählen. »Wie du bestimmt schon erkannt hast, ist dies ein Haus aus dem 19. Jahrhundert, das sie in den letzten Jahren, Gott sei Dank, saniert haben.« Er nimmt das Glas Weißwein vom Ober in Empfang und trinkt einen ersten Schluck, dann fährt er fort: »Früher, gegen Ende des 19. Jahrhunderts, war das hier«, er zeigt mit der Hand durch den Raum, »ein berühmt-berüchtigtes Kabarett. Dann übernahm die Familie Miguel Bosch 1929 das Etablissement und führte es unter dem Namen Café Mónaco weiter.«

»Also nix mehr mit Kabarett?« Sven schaut ihn interessiert an.

»Nein«, antwortet Seguí, »dafür etablierte sich die Bar

bei betuchten Palmesano als Spielhölle.«

Sven zieht die Augenbrauen hoch.

»Was schaust du mich so verwundert an?«, erwidert der Hauptkommissar. »Das stimmt. Hier wurde um viel Geld gespielt.« Er deutet zu der hölzernen Treppe. »Wer weiß, vielleicht sind sie da alle hinaufgegangen und haben ihr Hab und Gut verzockt.«

Sven lacht. Er kann sich gut vorstellen, wie es zugegangen sein mochte. Schon berichtet der Hauptkommissar lebhaft weiter: »Natürlich wurde hier auch Schmuggelware, in erster Linie Tabak, Alkohol und Medikamente, unter dem Tresen wie wild gehandelt.«

»Und wie ging es dann weiter?«

»Nun ja, irgendwann wurde nicht mehr groß geschmuggelt. Du weißt, das war immer nur in Krisensituationen Thema, also zuletzt im Spanischen Bürgerkrieg und nach dem Zweiten Weltkrieg.«

*

Der Ober kommt mit zwei Greixoneras und stellt Seguí Hackfleischbällchen und Sven Kuttel-Eintopf vor die Nase. Nachdem der Hauptkommissar sein erstes Bällchen genüsslich gegessen und mit dem ungesalzenen Bauernbrot Sauce aufgetunkt hat, fragt er Sven: »Wie sind deine Kutteln?«

»Sehr aromatisch durch die Morcilla und die Chorizio,

aber der Kalbsfuß ist für Zartbesaitete etwas gewöhnungsbedürftig mit dem Glibber.«

Seguí lacht. »Aber dir schmeckt es?«

»Ja, sehr gut, von weicher Struktur und doch noch mit Biss und einem süßlich-sauren Aroma, einfach einzigartig.«

»Isst man bei euch keine Innereien?«

»Doch schon, meist Leber, weniger Nierchen und Kutteln fast nur in Süddeutschland und in Sachsen. Ganz im Gegensatz zu den Franzosen, wo Pansen eine Delikatesse ist.« Er seufzt. »Eigentlich schade, dass sich bei Innereien die Geister scheiden, denn wenn du nicht zu viel davon isst, sind sie ausgesprochen gesund, haben wenig Fett und viele Vitamine.«

Seguí grinst. »Damit haben wir Mallorquiner keine Schwierigkeiten, Frito mallorquín ist eine unserer Lieblingsspeisen.«

Sven bestätigt die Aussage mit einem Kopfnicken. Er hat schon öfter Frito, meist vom Lamm, in Öl angebraten mit Knoblauch, Zwiebeln und Kartoffelstücken gegessen. »Aber nun erzähl bitte weiter«, fordert er den Hauptkommissar auf.

Alberto schmunzelt und nimmt ein weiteres Hackbällchen, das er durch die Sauce zieht. »2013 übernahm Isabel Gracia, eine ehemalige Angestellte, das Restaurant. Die Gäste waren nun hauptsächlich Arbeiter des Viertels. Als dann die Pandemie begann, musste sie ihr

Lokal schließen.«

»War das der einzige Grund?«, hakt Sven nach. »Kann ich dir nicht sagen. Vielleicht gab es noch andere Schwierigkeiten, aber die strikten Corona-Regeln haben ihr finanziell das Genick gebrochen.«

»Und dann?«

»2022 wurden die Räumlichkeiten aufwendig saniert, und zwar im alten Pariser Stil, wie du siehst, mit hohen Decken und Mosaikboden. Nun hat Aina Norguera die Patrónin die Bar übernommen.« Er räuspert sich. »Wie du ja schon bemerkt hast, bietet sie typisch mallorquinische Küche.«

Sven blickt sich um. »Und es scheint gut zu laufen, fast jeder Tisch ist besetzt.«

»Offensichtlich haben die Bewohner des Viertel nur darauf gewartet, oder siehst du hier Touristen?«

»Nein, so wie es scheint, nur Einheimische.«

»Eben, und sie hat es verstanden, eine geniale Crew zusammenzustellen. Die Mitarbeiter sind von namhaften Restaurants und Bars zu ihr gekommen.«

»Woher weißt du das?«

»Als Hauptkommissar höre ich so einiges«, erwidert Seguì und grinst breit. Dann gibt er dem Ober ein Zeichen: zwei Cortado und die Rechnung. Er wendet sich wieder Sven zu. »Oder magst du noch einen Nachtisch? Vielleicht Cocarrois amb Bledas, die gefüllten Teigtaschen mit Mangold sind hier ausgezeichnet.«

Der Gustario lehnt mit einer Handbewegung ab. Der Eintopf war nicht nur schmackhaft, sondern auch ausgesprochen sättigend. Alberto Seguí versteht und legt seine Geldbörse auf den Tisch. Heute ist er mit dem Bezahlen dran.

Restaurantempfehlung:

Bar Mónaco
Carrer Nuredduna, 18, Ecke Carrer Patronato Obrero, 15
07006 Palma

Rezepte:

Callos – spanischer Kuttel-Eintopf
Zutaten für 4 Personen:
½ TL Chiliflocken, 100 g Chorizio (spanische Paprikawurst), 100 g Morcilla (spanische Blutwurst), 1 Prise schwarzer Pfeffer, gemahlen, 1 Prise Salz, 800 g küchenfertige Kalbskutteln, 3 EL Weißweinessig, 1 Stk. Kalbsfuß, 1 Knolle Knoblauch, 1 Lorbeerblatt, 1 TL Salz

Zutaten für das Sofrito:
1 Zwiebel, 2 große, reife Tomaten, 6 EL Olivenöl, 1 EL edelsüßes Paprikapulver, 400 ml Gemüsefond, 1 Knoblauchzehe, 1 Lorbeerblatt

Und so wird es gemacht:

Die küchenfertigen Kutteln in große Stücke schneiden und in eine Schüssel mehrere Stunden in Wasser und Essig legen. Das Essigwasser entsorgen und die Kutteln mehrfach in frischem Wasser reinigen. Die Kutteln dann in einen großen Topf mit reichlich kaltem Wasser geben und zum Kochen bringen. Etwa fünf Minuten kochen lassen und danach mit einem Sieb abgießen. Nun erneut die Kutteln mit reichlich frischem Wasser zurück in den Topf geben. Den Kalbsfuß unter fließend kaltem Wasser waschen und zu den Kutteln dazugeben. Die Knoblauchknolle, das Lorbeerblatt und Salz hinzufügen und zum Kochen bringen. Die Temperatur nach dem Aufkochen reduzieren und den Topfinhalt halb zugedeckt bei schwacher Hitze etwa 3 Stunden kochen. Kutteln und Fleisch danach abgießen und abkühlen lassen.

Zubereitung des Sofrito:

In einem flachen Topf Wasser zum Kochen bringen und währenddessen die Tomaten schälen und über Kreuz einritzen. Anschließend in das Wasser geben und 2 Minuten blanchieren, abschrecken und abkühlen lassen. Die Haut der Tomaten abziehen, danach vierteln, die Kerne entfernen und das Fruchtfleisch würfeln. Die Zwiebeln und den Knoblauch abziehen und fein hacken. Nun das Öl in einem großen Schmortopf erhitzen und die Zwiebel- und die Knoblauchwürfel darin 3 bis 4 Minuten abschwitzen. Das Paprikapulver darüber verteilen und 1 Minute mitrösten. Daraufhin die Tomaten und das Lorbeerblatt hinzufügen, den Gemüsefond angießen und alles bei mittlerer Hitze etwa 15 Minuten köcheln lassen.

Zubereitung des Callos:

Die abgekühlten Kutteln in mundgerechte Stücke schneiden. Den Kalbsfuß vom Knochen befreien, Fett- und Kalbsfußstücke zum Sofrito geben, die Chiliflocken unterrühren und den Topfinhalt 5 Minuten kochen lassen. In der Zwischenzeit die Chorizo in etwa 1 cm dicke Scheiben schneiden, zum Eintopf geben und alles weitere 40 Minuten bei geringer Hitze schmoren lassen. Während dieser Zeit mehrfach umrühren und wenn nötig noch mit etwas Wasser angießen. Die Morcilla in mundgerechte Stücke schneiden, nach etwa 25 Minuten zum Eintopf hinzugeben und mitschmoren. Nun den Eintopf ein letztes Mal durchrühren, mit Salz und Pfeffer abschmecken und den mallorquinischen Callos-Eintopf in typischen Tonschalen servieren. Die mallorquinische Variante ist mit Sobrasada anstelle der Chorizio.

Sofrito – geschmortes Gemüse – eine von vielen möglichen Varianten

Dies ist für viele mallorquinische Gerichte die Basis. Es lässt sich wunderbar zu Fleisch- und Fischgerichten servieren, aber auch als Grundlage für Saucen nehmen. Dann sollte es aber ohne Paprika zubereitet werden. Und, es lässt sich vielfältig variieren, nur die Tomaten sind Standard.

Zutaten für 2 Personen:

1 große Gemüsezwiebel, 2 grüne Spitzpaprika, 2 große Tomaten, 2 El Öl, 4 Knoblauchzehen

Zum Würzen:

2 Knoblauchzehen, ½ Brühwürfel, ½ Bund Petersilie, Salz, Pfeffer

Und so wird es gemacht:

Zwiebel quer durchschneiden, achteln und in Scheiben schneiden. Paprika in 2 cm große Quadrate zerteilen, geschälte Tomaten in 1 cm große Würfel bringen. Öl in der Pfanne erhitzen und die Zwiebeln, die 4 geschälten Knoblauchzehen, die Paprika und die Tomaten anbraten und ca. 10 Minuten dünsten, sodass sie noch Biss haben. Für das Würzen die Knoblauchzehen, den Brühwürfel und die Petersilie in einem Mörser zerstoßen und dann in das Gemüse kurz vor dem Servieren einrühren, zusätzlich mit Salz und Pfeffer würzen.

Pilotes – Hackfleischbällchen

Zutaten für 4 Personen:

1 altes Brötchen, 100 ml trockener Weißwein, 1 Zwiebel, 4 Knoblauchzehen, je ein kleiner Zweig Petersilie, Minze und Majoran. 400 g Lammfleisch und 100 g Sobrasada, beides zusammen einmal durch den Fleischwolf drehen, 1 Ei, ½ Brühwürfel, Salz, Pfeffer, Paniermehl, Fett zum Frittieren

Und so wird es gemacht:

Das Brötchen in die Hälfte des Weins, also 50 ml, eintauchen. Zwiebeln, Knoblauchzehen und Kräuter klein hacken und mit dem Hackfleisch, dem Ei, dem ausgedrückten Brötchen, dem in Wasser aufgelösten Brühwürfel, Salz und Pfeffer gut vermengen. Bällchen von ca. 4 cm formen und in den restlichen Weißwein tauchen. Etwas Paniermehl in ein Glas geben und nacheinander ein Bällchen nach dem anderen darin drehen, sodass es mit Paniermehl von allen Seiten bedeckt ist. Fett in einer Pfanne erhitzen, die Pilotes darin bräunen und sie dabei mit einer Gabel öfter vorsichtig wenden. Die Mallorquiner geben dazu ein Sofrito und frittierte oder gekochte Kartoffelstücke. Wer das noch verfeinern möchte, streut über die gekochten Kartoffeln geröstete Pinienkerne und gehackte Petersilie.

Cocarrois amb Bledas – Gefüllte Teigtaschen mit Mangold
Zutaten für 4 Personen, je drei Stück.

Für die Füllung:

2 kg Mangold, 2 Bund Frühlingszwiebeln, 200 g getrocknete Muskattrauben, wahlweise auch Rosinen, 200 ml Öl, Salz, Pfeffer

Für den Teig:

1 kg Mehl, 150 g Puderzucker, 100 ml Orangensaft, 2 Eigelb, 200 g Schweineschmalz, 100 ml Wasser

Und so wird es gemacht:

Mangold in Streifen schneiden, salzen und ziehen lassen. Dann das Wasser herauspressen. Den Mangold und die klein geschnittenen Frühlingszwiebeln in eine Schüssel geben, mit Pfeffer würzen, Öl darüber gießen und gut mischen. Jetzt den Teig vorbereiten. Mit zwei Drittel des Mehls eine Mulde formen. Das mit Puderzucker und Orangensaft verrührte Eigelb hineingeben und den flüssigen lauwarmen Schmalz dazugeben. Nun alles gut durchkneten und immer wieder Wasser und das restliche Mehl einarbeiten, bis der Teig sich gut formen lässt. Ein kleiner Tipp: Die Finger in Öl tauchen, damit der Teig nicht kleben bleibt. Den Teig zu einer Kugel formen und 10 Minuten ruhen lassen. Jetzt den Teig ausrollen, dabei empfiehlt es sich, ihn zu portionieren:

jeweils ca. 100 g in eine Höhe von 3 mm bringen. In die Mitte 2 EL Gemüse geben und ca. 5 getrocknete Muskattrauben oder Rosinen. Die Ränder von zwei gegenüberliegenden Seiten hochklappen und fest zusammendrücken. Im vorgewärmten Ofen bei 150° C Umluft ca. 1 Stunde backen. Nach 30 Minuten mit der Gabel Löcher einstechen. Cocarrois heißt übersetzt Mehlkuchen, doch eigentlich sind es pikant-süße Teigtaschen, gefüllt mit herbem Mangold und saftig-süßen Rosinen oder Muskattrauben.

Ensaïmada – Süße Hefeschnecke

Ohne Frage eine Herausforderung, nicht grundlos holt Paco, der Freund von Sven, dieses besondere Gebäck jeden Morgen frisch zubereitet beim Bäcker in ses Illetes. Aber versuchen wir es trotzdem einmal selbst.

Zutaten für eine Schnecke:

500 g Mehl, 100 g Zucker, 150 ml Wasser, 50 g Schweineschmalz, 2 Eier, 25 g Hefe, Puderzucker zum Bestäuben

Und so wird es gemacht:

Mehl in eine Schüssel schütten und eine Mulde bilden. Hefe in lauwarmem Wasser auflösen und in die Mulde geben. Das Ganze leicht verrühren und 10 Minuten gehen lassen. Danach Eier, Zucker, Schweineschmalz hinzufügen und zu einem glatten Teig verkneten. Den Teig abdecken, am besten mit einem frischen Geschirrtuch, und an einem warmen Ort etwa 1 Stunde gehen lassen. Jetzt den Teig ausrollen und zu einer Schnecke formen. Diese auf ein Backblech in Schneckenform legen und erneut 30 Minuten gehen lassen. Im vorgeheizten Ofen bei 180° C Umluft den Teig etwa 25 Minuten backen. Herausnehmen und mit Puderzucker bestäuben.

ses Salines – ein unterschätzter Ort

Der Himmel zeigt sich zwischen den weißen Quellwolken in einem satten Blau. Die letzten Sonnenstrahlen blinzeln im Westen hervor. Sven hat Campos hinter sich gelassen und fährt auf der Ma-6040 Richtung ses Salines. Dort ist er mit seinem Freund, dem Marquis Alejandro de Calderón, im Restaurant Es Magatzem. Fat y Salat zum Essen verabredet. Den Tipp hat er von einer Redakteurin der Mallorca-Zeitung, mit der er bereits mehrmals zusammengearbeitet hat.

Sven ist neugierig. Oft schon ist er durch das kleine Dorf gefahren auf dem Weg nach Colònia de Sant Jordi oder von dem ehemaligen Fischerdorf zurück Richtung Santanyí. Nie hat er angehalten, obwohl sich auf der Hauptstraße zwischen der Plaça Espanya und der Plaça Major einige interessante Restaurants und Geschäfte befinden. Überhaupt ist ihm ses Salines als ausgesprochen gepflegter Ort mit dem typisch ländlichen Charme Mallorcas in Erinnerung. Die meist zweistöckigen Häuser haben Sandsteinfassaden, von denen seine Journalistenkollegin behauptet, sie würden bei Sonnenuntergang in ein ganz besonderes Licht getaucht. All das will er nun nachholen, sich die Restaurants anschauen und das Licht bestaunen.

*

Der Gustario kommt an einem Feld mit unzähligen Mandelbäumen vorbei. Landarbeiter sind unterwegs und kümmern sich um die Ernte. Letzten Winter waren hier bestimmt Hunderte weiße Blüten zu sehen, überlegt Sven. Rasch schaut er in den Rückspiegel, alles frei, kein Auto zu sehen. Er geht auf die Bremse und fährt dicht an die alte mallorquinische Steinmauer, stellt die Warnblinkanlage an, steigt aus und guckt interessiert über das Feld. Die Bäume sind dünn belaubt und ihre Äste schimmern in blassem Grau. Bis in die Kronen hinein tragen sie hellbraune Schalenfrüchte. Unter den Bäumen sind Folien ausgelegt und die Bauern schlagen kraftvoll mit langen Metallstangen nach den Ästen. Er hört, wie die Mandeln herunterfallen. Was für eine Anstrengung, denkt Sven.

Kürzlich hat er in einem Artikel gelesen, dass sich die Mandelernte für die Mallorquiner nicht mehr rechnet. Kalifornien sei mittlerweile übermächtig. Doch in der Zeitung stand auch: Starke Dürren in Kalifornien spielen den Mallorquinern in die Hände. Er seufzt. In was für einer Welt leben wir, wo nichts mehr planbar ist, wo Starkregen oder Dürre die Zukunft der Bauern bestimmen. War das nicht immer so? Sehr wahrscheinlich, aber nicht so extrem, so krass. Zurück im Auto schaut er erneut in den Rückspiegel, stellt die Warnblinkanlage aus, setzt den Blinker und fährt weiter. Am Kreisverkehr kurz vor ses Salines beginnt die Durchgangsstraße durch den Ort mit ihrer langgezogenen Häuserreihe auf jeder Seite. Kein Mensch ist auf der Straße. Auch nicht die alten Mallorquiner, egal ob Mann oder Frau, die traditionell ihre Stühle auf die schmalen Bürgersteige stellen, um sich abends auszutauschen. Die Fensterläden der Häuser sind geschlossen. Ein eigentümlicher Schimmer liegt auf dem hellen Sandstein der Fassaden. »Das ist es wohl, was sie meinte», murmelt Sven. Ein wunderschöner Anblick. Er wird ihr davon erzählen, wenn er wieder mit ihr zu tun hat. Langsam fährt er in den Ort hinein, bedacht darauf, sein Ziel, ein ganz bestimmtes Restaurant, nicht zu verpassen. Er entdeckt es auf der rechten Seite, ein flacher Bau mit kleinen Tischen auf dem Bürgersteig und einer großen Schiefertafel neben dem Eingang. Darauf steht in großen Buchstaben: »Cuina mallorquina«. Darunter sind mit Kreide die Gerichte des Tages aufgeführt.

*

Sven parkt sein Auto in einer Seitenstraße und läuft die wenigen Meter zum Restaurant zurück. Er schaut sich um. Ses Salines scheint wirklich nur aus dieser Hauptstraße, wenigen Seitenstraßen und zwei Plätzen zu bestehen. Das Restaurant ist untergebracht in einem hellen Sandsteingebäude. Alejandro ist nirgends zu sehen und so betritt er durch die große offene Glastür den Innenraum. Dominiert wird der Raum von einem breiten Tresen, ebenfalls aus hellen Sandsteinquadern, so wie die Wände. An der Längsseite des Essraumes ist die Mauer in gelber Farbe verputzt. Er blickt nach oben zur Decke. Dunkle Balken sind zu sehen, über denen direkt die Schindeln des Daches liegen. Urtümlich, einfach, mit wenigen zeitgenössischen Bildern an den Wänden und hell: das moderne Mallorca, ohne Schnickschnack. Er grinst, so mag er es. Da auch hier Alejandro nicht zu sehen ist, geht Sven wieder hinaus und setzt sich an einen der Tische für zwei Personen. Ehe er den Bentley sieht, hört er schon von Weitem das typisch surrende Motorengeräusch. Der Marquis fährt an ihm vorbei und winkt ihm zu, ein Zeichen, dass er ihn gesehen hat. Nach wenigen Minuten steht er vor ihm. Sven erhebt sich und sie umarmen sich herzlich. Dann setzen sie sich einander gegenüber, und nachdem der ältere Mann in die Karte gesehen hat, lächelt er.

»Das dürfte hier alles ganz nach deinem Geschmack sein. Typisch mallorquinische Küche und – ich glaube es kaum – zu bezahlbaren Preisen.«

Sven bejaht. »Die anderen Restaurants hier in ses Salines, das habe ich zumindest im Internet gesehen, sind zwar sehr gut bewertet, aber teuer und meist international ausgerichtet.«

Sein Freund lacht mit einem tiefen, angenehmen Bariton, dann erwidert er: »An der Küste und vor allem in den touristisch dominierten Gegenden ist es schwer, landestypisches Essen zu bekommen.«

»Warum eigentlich? Die mallorquinische Küche ist gut, nur frische Zutaten, etwas herzhaft und oftmals auch fettig, aber sehr schmackhaft.«

»Das sehe ich auch so. Aber die Gastronomen wollen es den Touristen recht machen und die typischen Gerichte, also Eintöpfe, Kohl oder Frito, sind nun mal auf den Tellern nicht gut appetitlich in Szene zu setzen.«

Sven schüttelt den Kopf. »Was magst du trinken?«, fragt er den Marquis, denn ein Ober steuert gerade auf ihren Tisch zu. Alejandro betrachtet die Getränkekarte. »Nimm den trockenen Hauswein, da kannst du nichts falsch machen.« Sven blickt sich kurz um. Langsam kommen auch andere Gäste und setzen sich nach draußen, um die noch angenehmen Temperaturen zu genießen. Es sind Einheimische, die sich lebhaft begrüßen. Touristen sieht er keine. Nachdem er eine Flasche Wein und Mineralwasser bestellt hat, vertiefen sie sich wieder in die Speisekarte.

»Das habe ich ja noch nie gesehen: gleich zwei verschiedene Frito mallorquín: marisco und pulpo. Einmal mit Meeresfrüchten und einmal mit Oktopus«, ruft Sven verwundert aus.

Alejandro schmunzelt. »Auch wenn ses Salines nicht direkt am Meer liegt, sind es doch nur wenige Autominuten dorthin.«

Sven nickt in Gedanken versunken und studiert weiter das kulinarische Angebot.

»Hast du dich entschieden?«, fragt er den Marquis.

»Ich nehme die Llengua de Vedella amb Tàperes, die Zunge mit Kapern. Das ist ein Gericht, das sich nicht in dem Repertoire meiner Köchin befindet. Ich weiß auch nicht, warum.«

»Das gilt es aber zu hinterfragen, eines der typischsten Gerichte der Insel.«

»Vielleicht ist sie als Kind damit gequält worden. Ich musste immer Truita de Faves essen, also ein Omelett mit dicken Bohnen. Seitdem vermeide ich dicke Bohnen, obwohl sie köstlich sein sollen.«

Sven lacht. »Und ich musste immer Spinat essen. Meist gab es den mit Spiegelei und gekochten Kartoffeln. Ich weiß nicht, wie oft ich vor meinem Teller saß, alle waren schon fertig mit dem Essen, und ich durfte erst aufstehen, wenn ich aufgegessen hatte.«

»Und wie ist es ausgegangen?«, fragt Alejandro mitfühlend nach.

»Irgendwann hatte meine Mutter Erbarmen, denn kalter Spinat ist für ein Kind noch scheußlicher als warmer.«

*

Der Ober kommt mit einer Flasche Wein, entkorkt sie und gießt einen Schluck in Alejandros Glas. Dieser kostet und nickt dem Ober zustimmend zu, woraufhin dieser beide Gläser füllt. Dann schraubt er die Flasche Mineralwasser auf und schenkt ein. Daraufhin schaut er die beiden Gäste erwartungsvoll an. Der Marquis bestellt Kalbszunge und Sven äußert einen nicht alltäglichen Wunsch. »Ich hätte gerne die Croquetas. Ist es vielleicht möglich, einen gemischten Teller zu bekommen?«

Der Ober blickt irritiert und Sven fühlt sich in Erklärungsnot. »Auch wenn die einzelnen Sorten der Croquetas ausgezeichnet sind, möchte ich nicht acht oder zwölf mit der gleichen Geschmacksrichtung haben. Ich liebe die Abwechslung.«

Der Ober nickt, er hat verstanden, obwohl – das sieht man seinem Gesichtsausdruck an – er Svens Argument nicht wirklich nachvollziehen kann. »Ich frage in der Küche nach«, lautet seine freundliche, aber kurze Antwort.

»Immer diese Sonderbestellungen«, frotzelt Svens väterlicher Freund. »Aber es stimmt. Da sind meine Landsleute wenig einfallsreich. Sie nehmen nur eine Sorte pro Gericht, auch wenn sie mehrere im Kühlschrank haben.«

*

Während die Freunde auf ihr Essen warten, tauschen sie sich aus. In den letzten Tagen, die Alejandro mal wieder in seiner Villa in der Cala de Sant Vicenç im Nordosten der Insel verbracht hat, ist nichts Außergewöhnliches passiert. Auf Nachfrage des Marquis berichtet Sven, dass es Patricia und Sofia, gut geht. Alejandro und Patricia mögen sich sehr und schätzen ihre gegenseitige Gesellschaft.

»In wenigen Tagen bin ich ja wieder in meinem neuen Zuhause in ses Illetes. Übrigens, gab es schon weitere Anmeldungen für die Gästezimmer?«

»Ja, es entwickelt sich langsam.«

Dann fragt Sven unvermittelt: »Kannst du mir etwas über den Ort hier erzählen?«

Der Marquis nimmt einen Schluck Wein. »Nun ja, ses Salines hat eine lange Geschichte. Wenige Hundert Meter vom Friedhof entfernt findest du das talaiotische Steindorf Els Antigors, zumindest dessen Überreste. Wie du dir denken kannst, rührt der Name ses Salines von der Salzgewinnung her. Sie wurde von den Puniern eingeführt, also weit vor den Römern und Mauren.«

»Wann waren die denn hier auf der Insel?«

Der Marquis lacht. »Das weiß ich zufällig. Die erste punische Kolonie hat sich auf der kleinen Insel Na Guardis vor der Küste von Colònia de Sant Jordi, also nicht weit von hier, niedergelassen. Das war im 4. Jahrhundert vor Christus.«

»Interessant«, bemerkt Sven.

Doch bevor er noch eine Frage stellen kann, wird ihnen schon das Essen serviert. Die Zunge mit Kapern für den Marquis sieht sehr schmackhaft aus und die zwölf Kroketten auf Svens Teller, die sich zum Verwechseln ähnlichsehen, sind bunt durchmischt, denn der Ober erklärt: »Vier verschiedene Sorten: Croquetas de pollo, botifarra, espinacas und pescado. Der Koch hat sie durch einen Tupfer von unterschiedlicher Creme gekennzeichnet.«

Sven bedankt sich und beißt sofort in die Krokette mit Spinat, wie ein Tupfer aus Öl und Zwiebeln vermuten lässt.

»Und?«, fragt Alejandro.

»Sehr gut«, erwidert Sven. Munter probiert er sich durch alle Geschmacksrichtungen. Nach Spinat folgen Huhn, Fisch und die mallorquinische Wurst. Dann lehnt er sich zurück und genießt den Weißwein. »Ich verstehe das nicht«, überlegt er laut, »wieso bieten sie zwölf Kroketten mit nur einer Füllung an? Das ist kulinarisch gesehen einfallslos. Dagegen ist so ein Teller mit vier verschiedenen Sorten echt ein Erlebnis.«

»Nun ja«, erwidert der Marquis. »Dafür gibt es ja Tapas. Da kannst du in Ruhe alle Sorten ausprobieren und testen, was dir davon am besten schmeckt. Es ist halt Tradition auf der Insel.«

»Okay, ich gebe mich geschlagen. Ich kann auch einfach Tapas bestellen. Vielleicht schlage ich so einen gemischten Teller mal Lucía vor, als Vorspeise bei unseren abendlichen Essen. Mal schauen, was sie dazu sagt.«

»Eine gute Idee«, stimmt ihm der Marquis zu, hebt sein Glas und prostet ihm zu. Er weiß jetzt schon, dass Lucía dem Gustario die Idee um die Ohren hauen wird. Da sie immer alles selbst zubereitet und nicht auf Convenience zurückgreift, wird ihr das einfach zu viel Aufwand sein.

Restaurantempfehlungen:

Es Magatzem. Fat y Salat
Carrer Batle Andreu Burguera Mut, 14
07640 Ses Salines

Sa Fusteria
Calle Morell, 28
07640 Ses Salines

Cafeteria Bar Esterellas
Plaça Sant Bartomeu, 7
07640 Ses Salines

Rezepte:

Frito mallorquín – Gebratene Innereien

Zutaten für 4 Portionen:

500 g Lamm- oder Schweineinnereien (Leber, Herz), 1 großer Fenchel, 2 Kartoffeln, 1 rote Paprika, 1 grüne Paprika, 1 Zwiebel, 3 Knoblauchzehen, 100 ml Olivenöl, Salz, Pfeffer, Paprika

Und so wird es gemacht:

Die Innereien in kleine Stücke schneiden und in Olivenöl scharf anbraten, dann aus der Pfanne nehmen. Nun den Knoblauch und die Zwiebel fein hacken und im selben Öl in der Pfanne anbraten. Fenchel, Paprika und Kartoffeln in Würfel schneiden, hinzufügen und alles zusammen 10 Minuten braten. Die Innereien zurück in die Pfanne geben und mit Salz, Pfeffer und Paprika würzen. Alles zusammen weitere 10 Minuten braten, bis das Gemüse noch etwas bissfest ist.

Escaldums de Pollo con Almendras – Huhn mit Mandeln

Zutaten für 4–6 Personen:

1 Huhn (ca. 1,2 kg), Salz, Pfeffer, Mehl zum Bestäuben, 3 EL ÖL, 4 Kartoffeln, Fett zum Frittieren, 2 Zwiebeln, 6 Knoblauchzehen, 1 große Tomate, einige Safranfäden, 1 Lorbeerblatt, ½ TL getrocknete Kräuter (Majoran und Thymian), 100 g geschälte und gehackte Mandeln, 200

ml Weißwein, 200 ml frische Milch, frische Kräuter (Minze und Petersilie) und 2 cl Sherry oloroso

Und so wird es gemacht:

Das Huhn in 4 bis 6 Stücke zerteilen, von gröberen Knochen befreien, würzen und mit Mehl bestäuben. Öl erhitzen und das Geflügel von allen Seiten goldbraun anbraten. Nun 20 Minuten schmoren lassen, bis das Fett ausgebraten ist. Die Kartoffeln in breite Schnitze schneiden, hellgelb frittieren und mit den Hühnerteilen in einer Greixonera warm stellen. Fett aus der Pfanne abgießen und mit dem Rest nacheinander die klein gehackten Zwiebeln, 4 zerstoßene Knoblauchzehen und die geschälten, klein gewürfelten Tomaten gut anbraten. Safran, Lorbeer und Kräuter hinzugeben, mit Weißwein und Milch aufgießen. Das Ganze über die Hühnchenteile geben und bei 200° C Umluft etwa 20 Minuten schmoren lassen. Nun die restlichen Knoblauchzehen und die frischen, zerstoßenen Kräuter zusammen mit dem Sherry 10 Minuten vor dem Servieren in die Sauce einrühren.

Borret – Kalbfleisch mit Früchten und Kichererbsen

Zutaten für 4 Personen:

600 g Kalbfleisch, entweder Schulter oder Bug, 100 g getrocknete Kichererbsen, wahlweise 150 g gekochte aus dem Glas, 2 EL Schweineschmalz, 1 Knoblauchknolle, 1 Lorbeerblatt, 1 Zweig Majoran, ¼ Liter Fleisch-

brühe, 3 Aprikosen, 1 Handvoll süße Kirschen, 1 Birne, Salz, weißer Pfeffer

Und so wird es gemacht:

Die getrockneten Kichererbsen am Abend zuvor einweichen. Am nächsten Tag mit frischem Wasser 50 Minuten kochen lassen. Fleisch in grobe Stücke schneiden und mit Salz und Pfeffer würzen. Schmalz in einem Topf erhitzen und das Kalbfleisch rundherum anbraten. Danach die Knoblauchknolle, das Lorbeerblatt und Majoran hinzugeben und mit der Brühe aufgießen. Alles in eine große Greixonera geben und im vorgeheizten Backofen bei 200° C Umluft ca. 40 Minuten schmoren lassen. Die weiche Knoblauchknolle herausnehmen. Die Kichererbsen hinzugeben und das Ganze weitere 20 Minuten schmoren lassen. Und nun das Obst: Aprikosen in etwas Wasser halbweich kochen, herausnehmen, schälen, entsteinen und vierteln. Kirschen und Birnen entkernen. Birnen würfeln. Früchte in der Sauce noch 10 Minuten ziehen lassen. Das Kalbfleisch beim Servieren mit der Knoblauchknolle dekorieren.

Pastel de Almendras – mallorquinischer Mandelkuchen

Zutaten für einen Kuchen:

6 Eier, 1 Vanilleschote, 200 g Puderzucker, Schale von einer unbehandelten Zitrone, 1 gestrichener TL Zimt, 200 g geschälte Mandeln, Öl zum Einfetten der Form

Und so wird es gemacht:

Die Eier trennen und das Eigelb mit dem Puderzucker so lange verrühren, bis eine glatte Masse entsteht. Die ausgekratzte Vanille, die abgeriebene Zitronenschale und den Zimt dazugeben. Mandeln fein mahlen und unterrühren. Das Eiweiß steif schlagen und unterheben. Den Teig in eine geölte Springform mit mittlerem Durchmesser geben. Den Kuchen im vorgeheizten Backofen bei 175° C Umluft 50 bis 60 Minuten backen. Nun den Kuchen aus der Form stürzen und sobald er erkaltet ist, mit Puderzucker bestreuen. Ein zusätzlicher Genuss: eine Kugel Mandeleis und eine Kugel Vanilleeis neben dem Kuchenstück platzieren. Das Originalrezept soll aus Valdemossa stammen.

Cala Figuera – ein authentisches Fischerdorf

Der Himmel ist wolkenlos und es herrschen angenehme 25 Grad. Sven hat das Verdeck des alten Porsche abgenommen und genießt den Fahrtwind, der sein Gesicht umspielt. Es ist Anfang September und die heißesten Monate haben die Mallorquiner nun hinter sich gelassen, so hofft er zumindest. Denn mittlerweile sind Wetterprognosen gleichzusetzen mit Fischen in trüben Gewässern. Das hat auch dieser Sommer wieder gezeigt: Im Frühjahr viel zu heiß, mit Stürmen und mächtigen Gewittern, deren Regengüsse vielerorts die Straßen unter Wasser gesetzt haben. Dann Temperaturstürze, um nach wenigen Tagen wieder tropische Hitze mit einer unglaublichen Luftfeuchtigkeit zu verzeichnen. Auch eine ausgedehnte Siesta half da nur bedingt. Sven schüttelt in Erinnerung an die letzten Monate den Kopf. Das war echt anstrengend. Für alle. Endlich vorüber, denkt er, jetzt ist es von den Temperaturen ideal. Der Gustario ist auf dem Weg nach Cala Figuera, der sogenannten Feigenbucht, zu einem der letzten authentischen Fischerdörfer der Insel, von der behauptet wird, sie sei aus der Zeit gefallen. Er lacht, als ihm die Bilder von damals einfallen. Er war noch ein Jugendlicher, der seine Sommerferien in den 1980er-Jahren dort mit Freunden verbrachte. Da wurde richtig Party gefeiert. Zu der Zeit galt das Fischerdorf als Touristenhochburg. Diese Karriere startete der beschauliche Ort bereits in den 1970er-Jahren. Und in dem oberen Teil der Bucht brach ein regelrechter Bauboom los. Irgendwann kehrten die großen Reiseveranstalter Cala Figuera den Rücken und es wurde wieder ruhiger und gemütlicher, aber leider auch schrottiger. Sven fällt gerade kein anderer Ausdruck für die dem Verfall überlassenen Hotels der letzten Jahrzehnte ein, die ganze Straßen dominierten. Doch seit einiger Zeit tut sich etwas: Die Bausünden der Vergangenheit wurden abgetragen, zahlreiche alte Gebäude renoviert und neue Investoren gefunden. Ob man der Entwicklung Glauben schenken darf, die dem Fischerort eine neue Blütezeit in Aussicht stellt? Da sind sich die Mallorquiner im Augenblick noch uneins.

*

Obwohl Cala Figuera fast schon in Vergessenheit geraten war, beeindrucken der Hafen und die ansteigende Straße entlang der Bucht mit ihren vielen Restaurants. Er wird sich das gleich genauer anschauen, denn er möchte zu den Fischern, die bald ihren Fang an der kleinen Markthalle im Hafen ausladen. Frühmorgens bei Sonnenaufgang fahren sie hinaus und kehren je nach Jahreszeit zwischen 15 und 17 Uhr zurück. Er hat seinem

Freund Manuel für dessen Strandrestaurant in ses Illetes einen Korb mit Schermesserfischen, dem Roar, versprochen. Dass Manuel ihm ohne Kommentar daraufhin einen Vogel gezeigt hat, stachelt ihn nur noch mehr an. Er weiß selbst, dass dieser kleine Fisch, der nur vom 1. September bis zum 31. März gefangen werden darf, erstaunliche Preise erzielt: rund 60 Euro pro Kilo oder mehr. Sven hat ihn erst einmal gegessen. Ein Hochgenuss! Das weiße, milde Fleisch, aromatisch-frisch, butterzart, wird in der Pfanne frittiert und nur mit etwas Zitrone und Safransalz gewürzt. Ein wenig erinnert der Geschmack an Seezunge oder Dorade.

*

Sven hat mittlerweile das Städtchen Santanyí hinter sich gelassen und fährt die Landstraße Richtung Cala Santanyí weiter. Hinter dem Friedhof geht es rechts zur Bucht, doch er bleibt auf der Straße. Einige hundert Meter vor der Einfahrt nach Cala Figuera tauchen erneut Erinnerungen auf. Gab es in den 1980er-Jahren hier nicht rechter Hand eine große Diskothek? Damals ist er mit seinen Freunden mit gemieteten Rädern auf ungepflasterten Wegen auf der gegenüberliegenden Umgebung der Straße herumgeradelt. Hin und wieder sind sie an Häusern vorbeigekommen, plötzlich hatten sie vollkommen die Orientierung verloren. Mal roch es nach Meer und sie glaubten, den richtigen Weg zurück nach Cala Figuera gefunden zu haben. Dann verschwand der salzige Geruch erneut. Erst nach Stunden gelangten sie wieder auf die Zufahrt zum Ort, auf der er sich jetzt befindet. Mein Gott, denkt er. Mein Orientierungssinn war damals schon schlecht. Langsam fährt er in das Fischerdorf hinein und weiter, bis die Straße eine scharfe Rechtskurve macht. Dort parkt er und geht eine breite Treppe hinunter zur Hafenpromenade. Schmunzelnd betrachtet er die Fischerboote, die nacheinander die Bucht durchqueren und am Steg vor der kleinen Markthalle anlegen. Er beschleunigt seinen Schritt. Gleich den ersten Fischer, der Plastikkästen, gefüllt mit Fisch und Eisstücken, auf den Betonboden hievt, spricht er an.

»Haben Sie Roar?«

Der Fischer, ein großer Kerl mit sonnengegerbtem Gesicht und Vollbart, schaut ihn belustigt mit wasserblauen Augen an. »Nein, die fischen wir nicht.«

Sven schaut offensichtlich so irritiert, dass der Mann auf ihn zugeht und ihm die Hand auf die Schulter legt.

»Was wollen Sie denn mit den kleinen Fischen?«, fragt er amüsiert.

»Einem guten Freund eine Freude bereiten.«

»Hm, verstehe.« Er schaut sich um. Dann hebt er die Hand und zeigt auf etwas. »Schauen Sie dort, auf der hinteren Seite des Hafens, im zweiten Finger der Bucht, legen zwei Llaüts an. Das sind Hobbyfischer, vielleicht haben die welche. Die dürfen sie zwar nicht verkaufen, aber vielleicht haben Sie Glück, und die Fischer geben Ihnen etwas ab.«

Sven bedankt sich und rennt los. Er muss den kleinen Hafen ganz umrunden, bis er endlich bei den kleinen traditionellen Booten angekommen ist. Die Hobbyfischer haben schon alles vertäut und wollen aufbrechen, da fragt Sven außer Atem: »Kann ich bei Ihnen Roar bekommen?«

Die Mallorquiner lachen schallend. »Wie viele wollen Sie denn?«

»Wie viele können Sie mir anbieten?«

»Eigentlich keine.«

»Wieso?«

»Wir dürfen nur für den Eigenbedarf fischen.«

Sven ist bitter enttäuscht, was man ihm offensichtlich ansieht. Einer der Männer geht ein paar Schritte auf ihn zu.

»Was wollen Sie denn ausgerechnet mit Roar?«, fragt er.

»Ich wollte einen Freund damit überraschen.«

Der Fischer mustert ihn nun genauer. »Kennen wir uns?«, fragt er unvermittelt.

Sven überlegt. Das Gesicht kommt ihm bekannt vor.

»Jetzt weiß ich es! Sind Sie nicht Sven Ruge, der El Gustario, der in Manuels Strandrestaurant besondere kulinarische Abende organisiert?«

Da fällt es auch Sven wieder ein, woher er den Mann kennt. »Ja, genau! Und Sie waren schon ein paar Mal dort zu Gast! Ich erinnere mich an Sie!«

Die beiden Fischer wechseln schnell einen Blick, dann zwinkert der eine dem anderen zu, der daraufhin rasch einmal kurz mit dem Kopf nickt. Sven ist verdutzt. Was vereinbaren die beiden da wortlos?

Schon wendet sich der erste Hobbyfischer wieder an ihn. »Weißt du was, wir geben dir vier Stück, damit kannst du ein wunderbares Essen zubereiten. Und bestimmt ist Manuel der Freund, den du überraschen willst.«

Sven jubelt innerlich und strahlt mit einem Mal übers ganze Gesicht. Dass man ihn hier in der Bucht von Figuera erkannt hat, freut ihn. Aber vor allem, dass diese Mallorquiner ihm den Fisch überlassen. Der Mann greift nach vier der kleinen rosa-orange-bläulich schimmernden Fische, die in einem Behälter liegen und packt sie in eine Plastiktüte.

»Herzlichen Dank. Was darf ich dir dafür geben?«

»Nichts«, erwidert sein Gegenüber. Sven schaut ihn fragend an.

»Wir sind Hobbyfischer und dürfen für unseren Fisch nichts nehmen. Und für die Berufsfischer lohnt sich der Roar nicht als Fang.«

»Aber er ist doch neben der Goldmakrele der beliebteste Fisch auf Mallorca«, erwidert Sven.

»Ja, das stimmt wohl. Die Tradition, ihn zu fischen, spielt eine Rolle bei unserem Engagement. Aber finanziell lohnt es sich schon lange nicht mehr.«

»Ich habe gelesen, dass die Preise bei über 60 Euro das Kilo liegen. Das würde sich doch gut lohnen, oder nicht?«

»Bei schlechter Saison sind es sogar über 100 Euro«, erwidert der Mallorquiner.

»Oh. Woran liegt es denn dann?«

»Ganz einfach.« Der zweite Mallorquiner lacht und gibt bereitwillig Auskunft. »Wir Hobbyfischer, aber auch die gewerblichen Fischer, dürfen nur ein bescheidenes Kontingent aus dem Meer holen, und der Roar darf nur mit Angelrute und Wurfschnur gefischt werden. Allein die Köder, die Gambas, kosten uns ein kleines Vermögen. Klar, dass ein professioneller Fischer da keinen Ertrag sieht und sich auf andere Meeresbewohner konzentriert.«

»Ah, ach so, das wusste ich nicht. Darf ich euch trotzdem etwas für die Fische geben?« Sven kramt nach seinem Portemonnaie.

»Nein, bitte nicht. Es freut uns, dir und Manuel eine Freude zu machen. Wir genießen die kulinarischen Abende in ses Illetes immer sehr.«

Sven belässt es dabei und bedankt sich herzlich für die nette Geste. Dann umrundet er den kleinen Hafen erneut, vorbei an kleinen Fischerhäusern und über wackelige Holzbohlen. Als er bei dem ersten Fischer von vorhin angekommen ist, macht der gerade sein Boot für den nächsten Morgen klar. Bei Sonnenaufgang geht es wieder aufs Meer.

*

Als Sven ihm stolz die vier Roar in dem Plastikbeutel zeigt, grinst der Fischer und winkt ihn herbei.

»So geht das nicht«, bemerkt er, reicht Sven einen kleinen Styroporkasten mit großen Eiswürfeln und fordert ihn auf, seine Fische dort hineinzulegen. »Bei den Temperaturen schaffen Sie es ohne Eis nicht mal bis Santanyí«, erklärt er.

Sven bedankt sich und geht mit dem leichten Kasten die Straße hinauf. Eigentlich wollte er in dem Restaurant Es Port noch eine Kleinigkeit essen. Das letzte Mal hatte er dort vorzügliche Bonitos genossen, Tunfischsteaks mit Fenchel, und er erinnert sich, dass sein Freund Paco von der Paella begeistert war, die er sich gegönnt hatte. Eine Paella für zwei Personen, versteht sich. Für Paco kein Problem. Er schaut über die längliche Bucht, tritt näher an die Balustrade zum Wasser und blickt zwischen den Bäumen hindurch auf das Meer, das ein sattes Türkis preisgibt. Diesen intensiven Ton hat er bisher nur hier gesehen. Dann wendet er den Kopf und entdeckt das Hotel Villa Serena auf den Klippen, wo er als

Jugendlicher untergekommen war, mit einer sagenhaften Terrasse zum Meer hin. Einfach, aber sauber und das Essen ursprünglich, viel Gemüse, wenig Fisch oder Fleisch. Nun soll das leer stehende Hotel zu einer exklusiven Wellness-Herberge ausgebaut werden. Das zumindest hat er irgendwo gelesen und das große Gerüst um das Gebäude herum scheint dies zu bestätigen. Er weiß nicht so recht, was er davon halten soll. Doch wenn es dem authentischen Fischerdorf hilft, sich zu bekrabbeln, soll es ihm recht sein. Kurz entschlossen holt er sein Handy hervor und wählt die Nummer von Sofia.

»Habt ihr heute Abend schon etwas vor?«, fragt er.

»Nein«, antwortet seine Freundin. »Wo bist du?«

»Gut, dann komme ich gleich mit einer kulinarischen Spezialität zurück. Die reicht nur für uns, aber die Hotelgäste werden ja heute von Lucía und Charlotta versorgt.« Ohne auf ihre Antwort zu warten, beendet er das Gespräch und geht rasch die vielen Stufen hinauf zu seinem Porsche. Für Manuel ist die Ausbeute unbedeutend, aber für Sofia und Patricia, und natürlich auch für ihn wird der Roar ein kulinarisches Fest werden.

Restaurantempfehlungen:

Restaurant Es Port
Carrer Verge del Carme 88,
07659 Cala Figuera

Restaurant Bar Calla
Carrer Verge del Carme 56,
07659 Cala Figuera

Restaurant Pura Vida Mallorca
Carrer Tomarinar, 25
07659 Cala Figuera

Rezepte:

Bonitos – Tunfisch in Fenchelsauce

Zutaten für 4 Personen:
Für den Tunfisch:
8 Tunfischscheiben, 3 EL ÖL, 1 große Zwiebel, 4 Knoblauchzehen, 2 Tomaten, ½ TL Edelsüßpaprika

Für die Marinade:
1 EL Fenchelsamen, 1 Zitrone, 1 EL Öl, einige Zweige Fenchelkraut, Salz und Pfeffer

Und so wird es gemacht:
In einer großen gusseisernen Pfanne die Tunfischscheiben in Öl auf beiden Seiten durchbraten. Für die Marinade: Fenchelsamen im Mörser sehr fein zerstoßen, Zitronensaft, Salz, Pfeffer und 1 EL Öl dazugeben und gut verrühren. Nun das Fenchelkraut in die Marinade

tauchen und den Fisch in der Pfanne während des Bratens mehrmals damit bepinseln. Den Fisch in einer großen Greixonera warmhalten. In dem restlichen Öl der Pfanne nacheinander die klein gehackte Zwiebel, die zerstoßenen Knoblauchzehen sowie die geschälten und klein gewürfelten Tomaten anbraten und schmoren lassen. Paprika und klein gehacktes Fenchelkraut dazugeben und mit einer Tasse Wasser aufgießen. Nun die Sauce über den Fisch geben und alles im Backofen bei 220° C Umluft noch 10 Minuten überbacken. Die Mallorquiner lieben Fenchel. Das Grün der jungen Knollen gehört beispielsweise an das Frito mallorquín und die Rispen tragenden Stängel geben eingelegt den Oliven ihr Aroma.

Paella – die ursprüngliche Version des spanischen Reisgerichtes aus Valencia

Zutaten für 4 Personen:

600 g Hühnerkeulen, 600 g Kaninchen, 4 EL edelsüßer Paprika, 4 g Safran, 12 geschälte Tomaten, 12 mittelgroße Zwiebeln, 4 Knollen Knoblauch, 2 Tassen Reis, 4 EL Erbsen, 4 mittelgroße Karotten, 4 Zitronen, Olivenöl, Rosmarin, etwas Salz, Pfeffer

Und so wird es gemacht:

In einer Paellapfanne oder in einer anderen ausreichend großen, flachen Pfanne das Olivenöl stark erhitzen. Die Hühnerbeine und Kaninchenstücke zerteilen und in die Pfanne legen. Das Fleisch kurz anbraten. Dann die klein geschnittenen Zwiebeln und die Knoblauchzehen hinzugeben. Das Ganze wird kurz angebraten, dann kommen die klein geschnittenen Karotten hinzu und die Hitze wird reduziert. Geschälte Tomaten dazugeben und mit vier Tassen Wasser angießen. Alles etwas salzen, pfeffern und 5 Minuten köcheln lassen. Erst jetzt den Reis und den Safran dazutun. Die Paella nun 10 Minuten auf kleiner Flamme köcheln lassen. Ab jetzt nicht mehr umrühren! Sie ist fertig, wenn das Wasser so gut wie aufgesogen ist. Der Reis sollte aber auf jeden Fall noch bissfest sein. Rosmarinzweige, die während der letzten Minuten auf den Reis gelegt werden, geben der Paella einen zusätzlichen mediterranen Geschmack. Vor dem Servieren sollte die Reispfanne noch ungefähr zehn Minuten zugedeckt ruhen. Jede Portion Paella mit mehreren Vierteln Zitrone servieren. Es können zusätzlich auch noch Paprikastreifen mitgegart werden. Bis auf Kartoffeln eignet sich jedes Gemüse zur Verwendung in einer Paella.

Flan amb Coco – Kokospudding
Zutaten für 4 Personen:
Für das Karamell:
6 EL Zucker, 6 EL Wasser, 6 TL Kokosflocken

Für den Pudding:
4 Eier, 4 EL Zucker, ½ Liter Milch, 1 Vanilleschote, ½ TL Zimt

Und so wird es gemacht:
Zucker und Wasser in einer kleinen Pfanne erhitzen und so lange rühren, bis ein Teil des Wassers verdampft ist und der Zucker karamellisiert. Dies nun auf 4 kleine Tonschälchen verteilen. Aber Achtung! Das Karamell in den Schüsselchen schwenken, sodass die Innenwände bis zu zwei Drittel damit bedeckt sind. Je 1 TL Kokosraspeln auf dem Karamell verteilen.

Für den Pudding: Eier und Zucker in einer Schüssel glatt rühren. Die Milch aufkochen und langsam dazu gießen. Nun ständig rühren, ohne dass die Masse schaumig wird, sonst fällt sie zusammen. Das Innere der Schote von Vanille und Zimt in die Flüssigkeit geben. Förmchen mit heißem Pudding bis an den Rand füllen und in ein Bad mit kochendem Wasser setzen. Im vorgeheizten Ofen bei 180° C Umluft ca. 40 Minuten stocken lassen. Förmchen kaltstellen. Den erkalteten Flan vorsichtig mit einem spitzen Messer vom Rand der Schale lösen und stürzen.

Sant Elm – von allem etwas, vor allem Ruhe

Sven fährt offen, neben ihm auf dem Beifahrersitz lässt sich Patricia den Wind um die Nase wehen und auf dem engen Notsitz hinter ihnen krallt sich Sofie an die Rücklehnen der vorderen Sitze. Sven hat es immer noch nicht übers Herz gebracht, sich ein neues Auto zu kaufen. Mehrere Beweggründe spielen da eine Rolle. Zum einen liebt er seinen alten Porsche Targa, zum anderen scheut er die Kosten. Natürlich könnte er seinen Oldtimer zu Geld machen, aber ...

Er schaut immer wieder verunsichert in den Rückspiegel, denn er begreift mittlerweile, was er seiner Freundin zumutet. Er hängt an seinem Oldtimer, der hat ihn noch nie im Stich gelassen. Aber er muss zugeben, dass es für Sofia auf dem Notsitz mehr als unbequem ist. Nimmt sie das ihm Zuliebe oder für Patricia auf sich? Ganz klar für ihre Großmutter, die es liebt, mit dem Porsche über Land zu fahren. Zwei Autos kann er sich aber nicht leisten und das wäre auch echt übertrieben, findet er. Also den Porsche verkaufen und irgendeinen kleinen Geländewagen erwerben, der durch die engen Gassen der Dörfer passt und zugleich mit genügend PS ausgestattet ist, um die Serpentinen hinaufzukommen.

Er nimmt sich fest vor, in den nächsten Tagen Paco um Rat zu fragen, der scheint von allen seinen Freunden für dieses Thema am besten geeignet zu sein.

Doch nun gilt es, sich auf die Straße zu konzentrieren. Andratx haben sie gerade hinter sich gelassen. Gleich beginnt die 15 Kilometer lange Serpentine über die Ausläufer des Tramuntanagebirges nach Sant Elm, das an der äußersten Südwestspitze der Insel liegt. Mehrere Höhenmeter gilt es zu überwinden, und sobald die Straße erneut ansteigt, durchbricht das Röhren von Svens Porsche die Stille. Nur selten kommt ihnen ein Auto entgegen. Die Vegetation zu beiden Seiten der Route wird immer dichter, ab und an tauchen einsam gelegene kleine Häuser auf, doch meist sehen sie schroffes Gestein und eng beieinanderstehende Pinien. Patricia atmet tief ein.

»Wie das hier duftet.«

»Ziemlich harzig, würde ich meinen«, bemerkt Sven lachend, »und es ist nicht mehr ganz so warm.«

Bevor er noch etwas ergänzen kann, ruft Sofia: »Schaut, da steht eine Bergziege.«

Er bremst behutsam ab. Wie eine Skulptur steht das Tier auf einem Felsvorsprung, fast schon majestätisch mit der schmalen Kopfform, den witzig zu beiden Seiten abstehenden, schmal zusammenlaufenden Ohren und dem braun-schwarz gefleckten, zotteligen Fell.

»Pass auf, nicht dass sie auf die Straße springt«, ermahnt Patricia ihn.

Langsam fährt Sven an dem Tier vorbei. Dann wendet

er sich der alten Frau zu. »Wusstest du, dass etwa 20.000 bis 35.000 Ziegen auf Mallorca in freier Wildbahn leben? In erster Linie im Tramuntanagebirge, aber auch im Pac de Llevant im Nordosten. Sie sollen ein großes Problem sein, denn sie fressen alles an und die Bauern wissen ihre Ernte nur durch Abschuss zu retten.«

»Durch Abschuss!« Patricia schaut ihn entsetzt an.

»Ja. Sie zerstören die Trockenmauern und ganze Plantagen, egal ob Oliven- oder Feigenbäume. Steineichen können sich nicht regenerieren, Jungpflanzen werden aufgefressen, und die Eiben sind fast ausgerottet.«

»Kann man die Ziegen denn nicht irgendwo anders hinbringen?«, fragt Patricia.

Sven schüttelt den Kopf. »Es gibt wohl Auffangstationen, doch es sind zu wenige. Ein Drama, denn die Bergziegen könnten genauso nützlich sein wie Esel, die das schnell brennbare Unterholz beseitigen.«

*

Plötzlich wird die Straße enger. Die Pinien zu beiden Seiten bilden mit ihren Kronen einen Tunnel. Sven muss das Licht einschalten, so düster ist es auf einmal geworden.

»Wo mag das Meer sein?«, fragt er.

»Links von dir«, meldet sich Sofia von hinten. »Warte ab, gleich wird es direkt vor dir liegen.«

»Warst du schon mal hier?«, fragt Sven.

Sofia kichert. »Ja, aber das ist schon viele Jahre her. Mit meinem ersten Freund.«

Sven spürt, wie ihm warm wird. Nimm dich zusammen, ermahnt er sich. Du wirst doch auf eine Jugendliebe von Sofia nicht eifersüchtig sein. Die Straße ist nun leicht abschüssig. Kaum haben sie den Pinientunnel hinter sich gelassen, strahlt ihnen die Sonne entgegen und das Meer ist zu sehen.

»Unglaublich«, Sven ist begeistert, »was für ein Erlebnis!«

Er fährt die Straße weiter hinunter und biegt am Ende rechts auf einen großen Parkplatz ab. Hier ist nichts asphaltiert und er sucht sich eine Lücke zwischen anderen Autos im Schatten der Pinien. Ein Mallorquiner kommt auf sie zu und kassiert ab.

Sven lacht. »Gut gelöst«, bemerkt er, »dann fahren nicht so viele Autos durch den Ort.«

Sofia lacht ebenfalls. »Wo sollen die auch lang fahren? Es gibt nur die Uferpromenade, wohlbemerkt autofrei, und die wenigen Straßen führen sofort aus dem Dorf wieder hinaus. Das ist das Schöne hier.«

Sie überqueren die Straße und schauen auf die Badebucht San Telmo. Der weiße Sandstrand führt flach ins Wasser, ideal für Familien mit kleinen Kindern. Sven lässt seinen Blick schweifen. Wo er auch hinsieht, überall typisch mallorquinische Häuser, kleine Hotels und links den Hang hinauf Sommerresidenzen oder Apartmenthäuser.

»Die haben es verstanden, ihren Ort nicht zuzubauen«, lautet sein Kommentar. Dann lädt er Sofia und Patricia mit einer Handbewegung ein, mit ihm über die Uferpromenade zu schlendern. Er ist auf der Suche nach dem Restaurant Vista Mar, das ihm von Manuel empfohlen wurde. Hier an der Promenade haben sich die Lokale auf Fischgerichte spezialisiert, nachzulesen in den aufgeklappten Speisekarten auf Ständern, die vor den Lokalen stehen. Dazwischen gibt es einladende Souvenirgeschäfte. Auf der anderen Seite der Promenade sieht er vereinzelte alte Stadthäuser und weitere Restaurants. Dazwischen tauchen immer wieder kleine Gassen auf, die einen idyllischen Ausblick auf das Meer bieten.

*

Nach wenigen Minuten hat Sven das Restaurant entdeckt. Über einen seitlichen Zugang führt er Sofia und Patricia auf die geräumige Außenterrasse mit dem unverbauten Blick auf die Bucht von Sant Elm. Fürsorglich rückt er Patricia den Stuhl zurecht. Kaum haben sie sich gesetzt, genießen sie schweigend und beeindruckt das Panorama mit der vorgelagerten Insel Sa Dragonera und der fast zum Greifen nahen, winzigen Insel Es Pantaleu, zu der man vom Strand aus schwimmen kann. Der Ober wartet einen Moment, dann begrüßt er sie freundlich und reicht ihnen die Speisekarte. Patricia hat schnell gewählt. Sie möchte Frito mallorquín mit Fisch und Meeresfrüchten. Sofia entscheidet sich für eine Goldbrasse vom Grill und Sven nimmt die roten Garnelen. Er ist verwundert, sie an diesem Ort auf der Speisekarte zu finden, denn so wie er gehört hat, gibt es sie als Spezialität nur im Hafen von Sóller. Er ist sehr gespannt, wie sie schmecken. Dazu ordert er Brot mit Oliven, eine Schälchen Ajo, eine große Flasche Mineralwasser und eine Flasche trockenen mallorquinischen Weißwein.

»Die Aussicht ist einmalig!« Sven kann sich gar nicht sattsehen.

»Sant Elm war und ist immer noch ein verschlafener Ort. Früher mal ein Fischerdorf, und auch heute kommen nur wenig Touristen hierher. Es soll lediglich 400 Einwohner haben«, bemerkt Patricia.

Sven deutet auf die Häuser am Hang. »Und offensichtlich einige Residenten.«

Patricia schüttelt den Kopf. »Wie die Leute es schaffen, hier ihr Auskommen zu haben, ist mir rätselhaft. Eigentlich suchen die Touristen doch sonst jede Bucht und jedes Dorf heim, die auch nur einen Hauch idyllisch sind.«

Sven lacht. »Da gab es aber ganz andere Zeiten.«

Patricia schaut ihn verwundert an. »Wie meinst du

das?«, fragt sie neugierig.

»Na ja, vor etwa 500 Jahren muss Sant Elm sehr beliebt bei Piraten gewesen sein, als Anlegeplatz und als Versteck. Und die kleine, unschuldige Insel Sa Dragonera hatte noch bis ins 20. Jahrhundert bei Schmugglern oberste Priorität. Ich habe sogar gelesen, dass man 42 Schmugglerhöhlen gefunden hat, also nicht nur die Piraten waren hier aktiv.«

Ehe Sofia etwas erwidern kann, kommt der Ober mit den Getränken, Brot, Oliven und Ajo. Die drei greifen zu. Sven schenkt ihnen Wasser und Wein ein.

»Was glaubst du, warum es hier immer noch so entspannt ist?«, fragt Sofia.

Sven fährt sich mit dem Finger über die Nasenwurzel, eine Geste, die er gerne mal unbewusst macht, wenn er nachdenkt. »So genau kann ich dir das nicht beantworten, doch ich schätze, Sant Elm erscheint vielen zu weit weg, um sich mal eben auf den Weg zu machen. Und wer hier eine Ferienwohnung mietet, will seine Ruhe haben.«

»Aber wir waren von Andratx aus nur knapp eine halbe Stunde unterwegs«, wirft Patricia ein.

Sven lacht. »Vielleicht glauben die Touristen, es dauert länger.« Er schmunzelt und hebt den Zeigefinger an seine Lippen. »Muss ja nicht jeder wissen, dass die Anfahrt schon eine tolle Sache ist.«

In diesem Moment stellt ihr der Ober den Teller mit

den klein geschnittenen, angebratenen Würfeln aus Sepia, Kalamar, Seeteufel, Garnelen, Tomaten, Paprika, Frühlingszwiebeln, Erbsen, Auberginen, Fenchel und Kartoffeln vor die Nase. Sven wedelt sich den Duft der gebratenen roten Garnelen zu, reißt direkt der ersten den Kopf ab und lutscht ihn aus.

Sofia prustet los.

»Genauso isst man Garnelen. Die meisten drehen den Kopf nur ab und legen ihn achtlos auf den Teller. Die wahren Genießer lutschen ihn aus. Bei roten Gambas ist das sowieso ein Muss.«

Bedächtig filetiert sie ihre Goldbrasse und nimmt einen ersten Bissen von dem zarten weißen Fleisch.

»Und, wie schmeckt es dir?« fragt Sven.

»Sehr gut, aromatisch und zart, dennoch ist das Fischfleisch fest, einfach wunderbar.«

Dann wendet er sich Patricia zu. »Und wie ist dein frittierter Fisch mit Gemüse?«

»Ich habe selten so ein gutes Frito mallorquín gegessen.« Sie lächelt über das ganze Gesicht. »Ganz wichtig ist der Fenchel, der gibt dem Ganzen ein leicht süßliches und zugleich ein etwas bitteres Aroma, und natürlich darf Paprika nicht fehlen.«

»Wieso heißt es eigentlich Frito mallorquín? Das kenne ich nur mit Innereien vom Schwein oder Lamm.«

Patricia richtet sich etwas auf und schaut ihn an. »Beide Varianten sind klassisch. Ich glaube aber, das Frito mit

Innereien war zuerst da. Das Rezept hat seinen Ursprung bei den Hausschlachtungen. Und du weißt ja: In der mallorquinischen Küche wird nichts weggeworfen, alles wird verarbeitet, ob in der Wurst, im Eintopf oder wo auch immer.«

»Das bedeutet«, ergänzt Sven, »die Übereinstimmung beider Gerichte liegt darin, dass alle Zutaten in gleich große Stücke geschnitten und in heißem Öl frittiert werden, immer mit saisonalem Gemüse.«

Patricia grinst und nickt ihm bestätigend zu. »Ja, so kann man es auch ausdrücken. Aber du hast noch nichts über deine roten Garnelen gesagt, El Gustario. Wie schmecken sie?«

Sven zögert. »Ich weiß nicht so recht. Schmackhaft, aber ehrlich gesagt spüre ich keinen großen Unterschied zu gleich großen Garnelen.«

Die beiden Frauen kichern. Das hätten sie ihm auch vorher sagen können. Vergnügt erheben sie ihre Gläser und prosten ihm zu. Sven grinst zurück, hebt ebenfalls sein Glas, bewundert das außerordentliche Panorama und widmet sich dann wieder seinen Garnelen.

Restaurantempfehlungen:

Vista Mar
Avenida Jaume I., 46
07159 Sant Elm

La Casita del Mar
Avenida Jaume I., 22
07159 Sant Elm

Rezepte:

Rape con Salsa de Almendras – Seeteufel in Mandelsauce
Zutaten für 4 Personen:
400 g Kartoffeln, 800 g Seeteufel, 1 Zitrone, 2 Eier, Mehl zum Bestäuben, 4 EL Öl, ¼ Liter trockener Weißwein, 100 g geschälte und gehackte Mandeln, ¼ Liter Sahne, weißer Pfeffer, Salz

Und so wird es gemacht:
Kartoffeln schälen, vierteln und in Salzwasser weichkochen. Den Seeteufel – Filetstücke – in Scheiben schneiden, mit Salz und Pfeffer einreiben und dann in den verquirlten Eiern und in Mehl wälzen. In eine Pfanne 3 EL Öl geben, erhitzen und die Fischstücke auf beiden Seiten gut anbraten. Mit dem Weißwein aufgießen, kurz aufkochen lassen und dann auf kleiner Flamme etwa 10 Mi-

nuten ziehen lassen. Mandeln in einem Mörser grob zerstoßen. In einer zweiten Pfanne 1 EL Öl erhitzen und darin die Mandeln rösten. Die Sahne zu den Mandeln geben und nochmals kurz aufkochen lassen. Den Fisch auf die Servierplatte geben, darüber die Mandelsauce gießen und die Kartoffelschnitze um den Fisch legen.

Salmonete a la Llauna – Meerbarbe auf dem Blech
Zutaten für 4 Personen:
4 Meerbarben, 1 Zwiebel, Petersilie, 4 EL Olivenöl, Salz, schwarzer Pfeffer, Paniermehl

Und so wird es gemacht:
Die Meerbarbe ausnehmen, also Schuppen und Eingeweide entfernen, dann unter laufendem kaltem Wasser waschen. Abtrocknen und mit wenig Salz bestreuen. Die Zwiebel schälen und sehr klein hacken. Petersilie hacken und mit den Zwiebeln in einer kleinen Schüssel vermengen. In eine feuerfeste Form, am besten eine Greixonera, ein wenig Wasser hinzugeben und die Meerbarben nebeneinanderlegen. Die Fische mit Petersilie und Zwiebeln bestreuen und mit Zitronensaft beträufeln. Mit einer Prise Pfeffer und Paniermehl würzen und Olivenöl darübergießen. Die Form in den vorgeheizten Backofen stellen und bei 180° C Umluft 10 bis 12 Minuten kochen, dann servieren.

Gambas sin aceite – Hummerkrabben ohne Öl

Zutaten für 6 Personen:

24 Hummerkrabben, 4 Knoblauchzehen, 1 Bund Petersilie, 1 kg Meersalz

Und so wird es gemacht:

Hummerkrabben waschen und trocken tupfen. Die Knoblauchzehen und die Petersilie im Mörser zerstoßen und die Hummerkrabben darin wälzen. Die Greixonera oder ein Backblech fingerdick mit Meersalz bestreuen. Die Hummerkrabben auf dem Salz verteilen und fingerdick mit Salz bedecken. Im Backofen bei 250° C Umluft, je nach Größe der Hummerkrabben, 20 bis 30 Minuten garen. Die Greixonera oder das Blech auf den Tisch bringen, dann bleiben die Krabben heiß. Dazu gibt es Brot und Ajo.

Pastel de Naranjas – Orangenkuchen

Zutaten für einen Kuchen:

4 Eier, 3 Tassen Zucker, 1 ½ Tassen Öl (Mais- oder Sonnenblumenöl), 1 Tasse Orangensaft, 1 gestrichener TL Zimt, 4 Tassen Mehl, 1 Päckchen Backpulver, Orangenmarmelade zum Füllen und Puderzucker zum Bestreuen

Und so wird es gemacht:

Eier trennen und das Eigelb mit dem Zucker glattrühren. Nach und nach das Öl zum Eigelb hinzufügen und so lange rühren, bis die Masse steif ist. Orangensaft, Zimt, Mehl und Backpulver dazugeben und gut verrühren. Nun den steifen Eischnee unterheben. Springform einölen und bemehlen. Den Teig in die Form eingießen und im Backofen bei 180° C Umluft ca. 50 Minuten backen. Kuchen auf ein Gitter stürzen, erkalten lassen, dann quer durchschneiden, mit Orangenmarmelade füllen und Puderzucker über den Kuchen sieben.

Palma – wo der Tag ausklingt

Die Dämmerung hat mittlerweile eingesetzt und der zuvor strahlend blaue Himmel verdunkelt sich zusehends. Bald wird er von einem Schwarzblau geprägt sein und die Straßen nur noch durch die Laternen punktuell mit warm schimmerndem Licht beleuchtet werden.

»Eine Nachtfahrt?«, fragt Patricia provokant vom Beifahrersitz aus.

Sofia hinten auf dem Notsitz bemerkt leicht angespannt, es müsse ein besonderes Restaurant sein, wenn Sven sie beiden zu dieser späten Stunde dorthin lockt. Er lässt sich nicht beirren und fährt die Ma-1040 aus Palma heraus Richtung Esporles.

»Den Tipp habe ich von einer deutschen Buchhändlerin in Palma, die sich hier ab und an mit Freunden trifft.«

»Als wenn es nicht genügend Restaurants in der Hauptstadt geben würde«, nörgelt Sofia, der es auf dem Notsitz wie immer unbequem ist.

»Wir haben es bald geschafft, es dauert nur rund 25 Minuten und davon haben wir bereits 15 hinter uns.«

»Also noch zehn Minuten in dieser unbequemen Haltung«, seufzt Sofia leise vor sich hin.

»Und was ist das Besondere an diesem Lokal?«, will Patricia wissen.

»Eine grandiose Auswahl an mallorquinischen Speisen zu annehmbaren Preisen, eine jetzt im Frühjahr wunderbare Außenterrasse und absolut landestypisches Flair.«

»Aha«, bemerkt Patricia und grinst. Sie würde es nie sagen, aber sie ist begeistert von Svens Liebe zu Mallorca und seiner steten Suche nach urtümlichen Orten. »Und sonst?«, fragt sie leichthin.

»Ansonsten«, beginnt Sven, überlegt kurz, dann nimmt er den Gesprächsfaden wieder auf, »ist es für Touristen ein guter Tipp auf dem Weg nach Esporles, Valldemossa oder weiter nach Deià oder nach Sóller.«

*

Die Straße führt zwar immer weiter geradeaus, doch langsam muss sich Sven konzentrieren, denn die wenigen Straßenlaternen werfen ein diffuses Licht auf alles.

»Liegt das Restaurant am Ortsausgang von Establiments?«, will Sofia wissen.

»Ja, an der Endhaltestelle des Busses. Warum fragst du?«

»Von dem Lokal habe ich schon mal gehört.«

»Und?«

»Wie du schon sagtest: sehr gute Küche, aufmerksames Personal, bezahlbare Preise und fast nur Einheimische.«

»Eben deshalb möchte ich mit euch auch dorthin, obwohl es im Netz einige nicht so freundliche Bewertungen gibt. Aber das ist normal heutzutage und so will ich mir selbst ein Bild machen.«

»Sag mal, Sven, ich stehe ja mit meiner Praxis für Naturheilverfahren nicht so im Fokus der Öffentlichkeit, aber was machen Restaurants gegen schlechte Bewertungen im Netz?«

»Am besten nichts«, antwortet Sven, »und darauf hoffen, dass die zufriedenen Kunden mit ihren positiven Bewertungen die schlechten Kritiken ausgleichen. Aber es gibt auch Betreiber, die bezahlte gute Kritiken im Netz einstellen lassen. Auf nichts ist mehr Verlass.«

Patricia schüttelt unwillig den Kopf. »Du redest wie ein alter Mann.«

Sofia geht nicht auf die Bemerkung ihrer Großmutter ein, sondern fragt: »Das heißt, ich kann die Bewertungen nicht ernst nehmen?«

»Nur bedingt. Wer einem Restaurant schaden will, schafft das auf diese Weise mit Leichtigkeit.«

»Wann sind wir denn endlich da?«, fragt Patricia nun ungeduldig.

Sven lacht auf. »Gleich! Schaut mal! Dort ist eine beleuchtete Außenterrasse, das dürfte das Es Muntant sein.«

Direkt an der Straße liegen zwei große Außenterrassen rechts und links vom Eingang, eingegrenzt durch eine Mauer aus Sandsteinquadern. Sven parkt seinen Porsche auf einem hinter dem Gebäude liegenden Parkplatz.

»Passt auf wo ihr hintretet. Hier ist es verdammt

dunkel«, warnt er.

Doch dann gehen sie zielstrebig auf das Restaurant zu. Das warme Licht aus dem Inneren erhellt den einstöckigen, länglichen Bau, der unter dem dunklen Himmel von fast schwarz wirkenden Bäumen eingefasst wird. Die hell erleuchtete Terrasse ist gut besucht, doch Sven ergattert noch einen Tisch für vier Personen.

Kaum haben sie sich gesetzt, erscheint ein junger Spanier, der sie freundlich begrüßt. Sven bestellt eine Flasche Agua con Gas und drei Gläser mallorquinischen Weißwein, dann schauen sie in die Karten.

Patrica freut sich. »Hier gibt es Codorniz borracha, die habe ich schon ein halbes Leben nicht mehr gegessen.«

Sven lächelt in sich hinein. Sollten beschwipste Wachteln eine heimliche Leidenschaft seiner zukünftigen Großschwiegermutter sein?

Sofia bestellt sich spontan Lomo de Credo frío con Costa de Azúcar, eine kalte Schweinelende mit Zuckerkruste. Sven schaut erstaunt, aber sie gibt ihm mit einer Handbewegung zu verstehen, er soll sich überraschen lassen. Diesmal ist er es, der sich schwertut mit der riesigen Auswahl, am Ende nimmt er Cordero estofado, einen Lammschmorbraten. »Jetzt bin ich aber gespannt.«

Sofias Augen leuchten und Sven ist ebenfalls neugierig, was ihnen bald kredenzt wird.

Nachdem die Flasche Wasser und die drei Gläser Wein gekommen sind, prosten sie sich zu.

»So ganz optimal liegt das Restaurant ja nicht«, bemerkt Patricia, als gleich mehrere Wagen direkt an der Terrasse vorbeifahren.

»Stört es dich ernsthaft?«, möchte Sven wissen.

»Nicht wirklich«, antwortet Patricia und legt ihre Hand auf seinen Handrücken.

»Und hier ist auch der Ort Establiments?«, fragt Sofia.

»Ja«, Sven zeigt auf die nächste Kreuzung, »ich glaube, da geht es hinein.«

»Ein wohlhabender Ort?«, vergewissert sich Sofia, die hier wohl noch nicht gewesen ist.

»Scheint so. Viele große Fincas, ein Golfplatz und nur etwas über 20 Minuten von Palma entfernt.«

»Weißt du, was hier die Immobilien kosten?«

»Ab zwei Millionen aufwärts, keine Obergrenze«, antwortet Sven, der vor der Fahrt etwas recherchiert hat.

Seine Freundin bemerkt nachdenklich: »Wer kann sich das denn noch leisten, außer gut betuchte Ausländer?«

»Das hier ist eine sehr schöne Gegend, von vielen noch nicht entdeckt und halt ganz nahe an Palma.« Er überlegt, dann ergänzt er betrübt: »Der Ausverkauf der Insel hat doch schon vor Jahrzehnten begonnen, oder?«

Patricia scheint das Thema nicht zu interessieren oder unangenehm zu sein, denn sie unterbricht den Dialog der beiden. »Früher sind meine Eltern mit mir im Automobil in den beschaulichen Ort gefahren.«

»Wann war das?«, fragt Sven interessiert nach.

»So in den 40er-Jahren. Mein Vater handelte mit allem, was damals auf dem Festland und auch darüber hinaus Begehrlichkeit weckte: Orangen, Zitronen, Kapern, Mandeln, Olivenöl, sogar mit Meerfenchel hat er es probiert.«

»Dein Vater muss sehr erfolgreich gewesen sein, wenn er zu der Zeit schon ein Automobil besaß.«

Patricia nickt strahlend. »Ja, unserer Familie ging es wirtschaftlich gut.« Nachdenklich dreht sie ihr Wasserglas in den Händen. »Weißt du, mein Vater war ein Mann mit Prinzipien, auf ihn war Verlass, aber ...«

»Aber?« Sven ist hellhörig geworden.

»Nun ja, er war halt Geschäftsmann und ich bin mir nicht sicher, ob er nicht auch an Schmuggelgeschäften beteiligt war.«

Sven lacht schallend. »Das würde in die Zeit passen.«

Rasch unterbricht ihn Sofia, die ahnt, wohin das Gespräch führen könnte. »Also, ihr habt Ausflüge nach Establiments gemacht.«

»Ja, ein sehr netter, eher ruhiger Ort. Um die Kirche herum gab es ein Café, einen kleinen Obstladen und eine Bäckerei. Früher war die Gemeinde unabhängig. 1910 wurde sie nach Palma eingemeindet, jetzt ist sie einer der nördlich-westlichsten Stadtteile.«

»Ich habe etwas recherchiert. Heute ist der Ort zweigeteilt: Der kleinere, neuere Ortsteil heißt Establiments Nou und der größere, ältere Teil Establiments Vell.«

»Ja, und im älteren findest du schöne, kleine Stadtpalais und in dem neueren moderne Villen.«

»Dann ist das heute das luxuriöse Villenvorstädtchen von Palma.«

Patricia lacht. »Genau. Doch ziemlich versteckt. Die meisten kennen nur die Durchgangsstraße und glauben Establiments sei ein Straßendorf mit ziemlich heruntergekommenen, einfachen Häusern.« Sie kichert. »Und wie früher kannst du hier bestimmt noch wunderbar durch die Natur spazieren, an ausgedehnten Olivenhainen entlang, sanfte Hügel besteigen, imposante Eukalyptusbäume betrachten und immer wieder grandiose Ausblicke bewundern. Ganz zu schweigen von dem Blick auf die Ausläufer des Tramuntanagebirges.«

Bevor sie weiterschwärmen kann, bringt ihnen der Ober das Essen. Patricia schaut auf ihre beschwipsten Wachteln mit grünen Bohnen, Erbsen, Möhren und Kartoffelstücken. Sofia nimmt den Teller mit der kalten Schweinelende mit Zuckerkruste entgegen und Sven wedelt sich den Duft des Lammschmorbratens zu, garniert mit einer Knoblauchknolle und Kartoffelschnitzen.

Patricia nimmt bei ihren Wachteln die Hände zuhilfe und Sven fragt: »Wieso beschwipst?«

Sie klärt ihn gerne auf: »Weil kurz vor dem Servieren ein kräftiger Weinbrand von dunkelbrauner Farbe darüber gegossen wird.«

»Wie jetzt, erst zum Schluss?« Sven schüttelt den Kopf.

»Und das Ganze natürlich mit einer guten Portion Schweineschmalz.« Patricia grinst ihn an und macht klar, dass sie ihm keine Wachtel zum Probieren anbieten will.

Sofia ist ebenfalls begeistert von ihrem Gericht. »Das herzhafte Aroma des Fleisches vermischt sich mit einem Hauch Süße. Fantastisch!«

»Ist es wirklich kalt?«, fragt Sven.

Sofia nickt. »Die Schweinelende wird vorher sogar im Kühlschrank deponiert. Zucker und Wasser werden in einer Pfanne erhitzt und wenn das Wasser verdampft ist, karamellisiert der Zucker. Wird er anschließend über den kalten Lendenrücken gegossen, erstarrt er sofort zu einer festen Kruste.«

»Aha, und wo ist der Haken?«

»Den gibt es nicht, außer das Karamell wird zu braun, dann schmeckt es bitter.«

Nun sind alle Augen auf Sven gerichtet. Nachdem er probiert hat, nickt er anerkennend. »Das Fleisch ist sehr zart und den Fenchel schmecke ich sogar heraus.« Er grinst. »Das haben die hier geschmacklich prima hinbekommen, ganz ohne Sobrasada oder Botifarra.«

Dann tritt eine genüssliche Stille ein. Nur Gesprächsfetzen von den Nachbartischen dringen an ihre Ohren.

»Es war ausgesprochen schmackhaft«, bestätigt Patricia und leckt sich die Finger ab.

Sven tunkt noch schnell mit dem Bauernbrot die restliche Bratensauce auf und Sofia hat schon ihr Besteck auf dem Teller arrangiert. Er will die beiden Frauen noch auf einen Nachtisch einladen, Orangen- und Zitronensorbet oder Teigtaschen, gefüllt mit Mangold. Doch sie winken müde und satt ab, ein anderes Mal.

Restaurantempfehlungen:

Es Muntant
Carrer d'Esporles, 233 A
07010 Palma-Establiments

Restaurant Es Porxo
Carrer d'Esporles, 10
07010 Palma-Establiments

Rezepte:

Sopa de Repollo – Kohlsuppe
Zutaten für 4 Portionen:
1 Liter Fleischbrühe, 1 mittelgroßer Weißkohl, 400 g Mischbrot, 2 Paprikaschoten, 2 Tomaten, 2 Zwiebeln, 3 Knoblauchzehen, 100 ml Olivenöl, 2 EL glatte Petersilie, 1 TL Paprikapulver, Salz, Pfeffer

Und so wird es gemacht:

Trockenes Brot in dünne Scheiben schneiden. Tomaten enthäuten, Paprika schälen, entkernen und waschen. Weißkohl, Zwiebeln, Paprika, Knoblauch und Tomaten in kleine Würfel zerteilen. Alle Zutaten in möglichst gleich große Stücke schneiden. Olivenöl in einem Topf erhitzen und die Brotscheiben darin braten. Sobald sie gebräunt sind, herausnehmen und beiseitestellen. Im Topf mit dem restlichen Öl die gewürfelten Zwiebeln weich dünsten, dann die Tomaten, den Knoblauch, die Paprikaschoten und den Kohl hinzugeben. Alles zusammen bei starker Hitze einige Minuten dünsten, Petersilie, Paprikagewürz, Salz und Pfeffer zugeben. Die Fleischbrühe in einem gesonderten Topf zum Kochen bringen, und die Brühe über das Gemüse verteilen, sodass dies gerade bedeckt ist. 10 Minuten köcheln lassen. Nun das vorher angebratene Brot hinzugeben, den Topf mit dem Deckel schließen und köcheln lassen, bis die Flüssigkeit sich ordentlich reduziert hat. Die Suppe mit gehackter Petersilie bestreuen.

Sopa de Ajo – Knoblauchsuppe

Zutaten für 4 Portionen:

24 Knoblauchzehen, Brösel von 4 Scheiben Vollkorntoast, 4 EL Olivenöl, 4 Tomaten, 1 Liter Gemüsebrühe, 1 Lorbeerblatt, ½ TL Oregano, 1 Prise Chilipulver, 1 EL Petersilie

Und so wird es gemacht:

Tomaten enthäuten und in Würfel schneiden. Die Petersilie fein hacken. Die Knoblauchzehen schälen, aber als ganze Zehen belassen. Knoblauch und die Brotbrösel in Olivenöl unter Rühren kurz anrösten. Das Ganze mit Brühe aufgießen, mit dem Lorbeerblatt, Oregano und Chili würzen. Die Suppe bei zugedecktem Topf 20 Minuten köcheln lassen, bis die Knoblauchzehen weich sind. Nun das Lorbeerblatt entfernen, die Suppe mit einem Stabmixer pürieren, dann durch ein Sieb streichen und mit Petersilie garnieren.

Codorniz borracha – Beschwipste Wachteln

Zutaten für 4 Personen:

8 Wachteln, 4 Eier, Salz, Pfeffer, 200 g mageres Schweinefleisch, 50 g fetter Speck, frische Minze, 2 EL Schweineschmalz, 1 Zwiebel, ¼ Liter trockener Weißwein, je 150 g Karotten, grüne Bohnen und Erbsen, Fett zum Frittieren, 4 Kartoffeln, 100 ml Milch, 4 cl spanischen Weinbrand

Und so wird es gemacht:

Eier hart kochen, Wachteln säubern, innen und außen würzen. Schweinefleisch in 8 Stücke schneiden, Speck würfeln und die Wachteln damit füllen, jeweils etwas klein gehackte Minze hinzugeben. Die Wachteln in Schmalz anbraten und dann in eine große Greixonera geben. Die klein gehackten Zwiebeln im restlichen Fett anbraten, mit Wein löschen und alles über die Wachteln gießen. Im vorgeheizten Backofen bei 200° C Umluft 30 Minuten schmoren. Bohnen in 3 cm lange Stücke schneiden, Karotten kleinwürfeln und mit den Erbsen in wenig Salzwasser weichkochen, sodass das Gemüse noch Biss hat. Fett in einer extra Pfanne erhitzen und die Kartoffeln, in breit geschnittene Stifte, hellgelb frittieren und abtropfen lassen. Das gekochte Eigelb mit der Milch verrühren und die Sauce damit binden. Gemüse und Kartoffeln zu den Wachteln geben und noch 10 Minuten in der Sauce köcheln lassen. Kurz vor dem Servieren die Wachteln mit Weinbrand übergießen.

Cordero estofado – Lammschmorbraten

Zutaten für 4 Personen:

1 kg Lammfleisch (Schulter oder Schlegel), 3 El Schweineschmalz, Salz, Pfeffer, je ein Zweig Rosmarin und Thymian, 1 Knoblauchknolle, 8 kleine, junge Zwiebeln, 3 Tomaten

Für die Sauce:

2 Knoblauchzehen, Saft von ½ Zitrone, 2 cl spanischen Weinbrand, 1 EL Honig, 1 Brühwürfel, ½ TL zerstoßener Fenchelsamen.

Als Beilage:

4 bis 5 Kartoffeln, 1 große Zwiebel, Fett zum Frittieren, Saft von ½ Zitrone, Salz.

Und so wird es gemacht:

2 EL Schmalz in einen großen Bräter geben, das gewürzte Fleisch von allen Seiten gut anbraten und mit Wasser ablöschen. Kräuter auf das Fleisch legen und im vorgeheizten Backofen bei 200° C Umluft eine Stunde braten. Zwischendurch Fett abschöpfen. Nun 1 EL Schmalz in einer Eisenpfanne erhitzen, die Knoblauchknollen, die ganze Zwiebel und anschließend die geschälten, kleingewürfelten Tomaten anbraten mit einer Tasse Wasser aufgießen und alles zum Fleisch hinzugeben. Nun die Kräuter herausnehmen. Zur Marinade: Den zerstoßenen Knoblauch mit den restlichen Zutaten vermischen. Fleisch mit der Marinade öfter bestreichen und weitere 1 ½ Stunden braten. Wenn nötig Sauce aufgießen, Knoblauchknollen herausnehmen. Als Beilage Kartoffeln servieren, diese in breite Stifte zerteilen, Zwiebeln in Scheiben schneiden, Fett erhitzen und alles nacheinander frittieren. Fett abgießen, mit Zitronensaft löschen, dann salzen. Zugedeckt noch wenige Minuten dämpfen.

Zu guter Letzt – eine Einladung bei Einheimischen

Von Mallorquinern nach Hause eingeladen zu werden kann bedeuten: Man trifft sich dort und nach einem Getränk und Oliven zieht man gemeinsam durch die Tapas-Bars in der näheren Umgebung. Dann ist man als Deutscher so gut wie angekommen. Doch erst wenn man zu einem Abendessen geladen wird, hat man es endgültig geschafft und ist in die Gemeinschaft aufgenommen. Ratsam ist es, nicht wirklich pünktlich zu sein. Das Akademische Viertel bei uns ist da nur ein Vogelschiss, also ruhig eine halbe bis eine Stunde später eintrudeln. Als Mitbringsel empfiehlt sich ein katalanischer Champagner oder eine Nachspeise, die dann aber so reichlich sein muss, dass sie für alle Gäste gedacht ist. Bloß keine Blumen mitbringen! Die werden nur bei Heiratsanträgen oder noch schlimmer bei Beerdigungen überreicht! Das Festmahl und wenn es eine Abendeinladung ist, wird es dies auch werden, besteht aus mehreren Gängen. Also, nicht gleich zu Beginn zuschlagen. Mit einem Aperitif und Häppchen – ses tapas, wird begonnen, dann folgt der erste Gang – es primer plat, dann der zweite – es segon plat, meist mit gebratenem Fisch oder Fleisch, zu dem es Wein gibt, Salat und Brot. Zum Nachtisch wird meist Pudding und Obst gereicht und natürlich Kaffee und ein Kräuterlikör zudem oftmals noch ein Kuchen. Auch wenn das Menü sehr reichhaltig ist, geht es in erster Linie um das gesellige Zusammensitzen, auf Katalan: sobretaula.

Quellenangaben und weiterführende Literaturempfehlungen:

Jörg Dauscher: Speiseführer Mallorca. Conbook Medien GmbH, Neuss, 2022

Katharina Richter & Martina Vogt: Glücksorte auf Mallorca, Droste Verlag, Düsseldorf, 2022, 3. Auflage

Caroline Fabian, Ingolf Hatz und Julia Hildebrand: Mallorca – Das Kochbuch. Rezepte – Produzenten – Geschichten, Dorling Kindersley Verlag GmbH, München 2020

Mallorca. Gastronomie und Kochkunst. Triangle Books, Sant Lluis, Menorca, 2012

Heide Wetzel-Zollmann & Wolfgang Wetzel: Mallorca. Ein Streifzug durch die 6000-jährige Geschichte der Mittelmeerinsel. Herder Verlag, Freiburg im Breisgau, 1991

Artikel aus der Mallorca-Zeitung und dem Mallorca-Magazin

Brigitte Lamberts ist promovierte Kunsthistorikerin und Autorin. Nach drei Düsseldorf-Krimis startete sie mit ihrer Mallorca-Krimi-Reihe »El Gustario de Mallorca«. Sven Ruge, Gastrokritiker und Kenner der mallorquinischen Küche gerät immer wieder in gefährliche Situationen. Fälle, die in der Gegenwart spielen, aber ihre Wurzeln in der dunklen Vergangenheit der Insel haben. Mit »El Gustario de Mallorca und die tödliche Begegnung« ist im September 2024 nun ihr fünfter Mallorca-Krimi im adakia Verlag, Leipzig erschienen. Sie ist Herausgeberin und Mitherausgeberin etlicher Anthologien. Weitere Kurzkrimis von ihr sind in Geschichtensammlungen unterschiedlicher Verlage vertreten. Auf ihrer Homepage – Button NRWision – finden sich über 40 Hörfunksendungen über ihr Mallorca und Leseproben zu ihren Krimis und Kurzgeschichten. Sie ist Mitglied bei den Mörderischen Schwestern e.V., im Syndikat e.V., im BVjA e.V. und im Bergischen Krimikartell.

www.brigitte-lamberts.de

Mehr von Brigitte Lamberts im adakia Verlag:

Brigitte Lamberts

El Gustario de Mallorca und die tödliche Bedrohung

Krimi, 355 Seiten

Sven Ruge, leidenschaftlicher Mallorca-Liebhaber und Gastrokritiker, hat zusammen mit seiner Freundin Sofia ein entzückendes kleines, aber leider marodes Haus in einer wunderschönen, abgelegenen Bucht entdeckt. Sein Traum: Er will hier etwas aufbauen, ein Hotel mit Restaurant, ein Zuhause für Sofia, ihn und seine Freunde. Alles läuft gut. Doch dann geschehen merkwürdige Unfälle, Sabotage und sogar ein Mord! Sven ist alarmiert. Wer steckt dahinter? Er beginnt zu recherchieren und taucht ein in die Geschichte der 1970er-Jahre auf der beliebten Balearen-Insel. Schließlich muss er erkennen, dass ein ehemaliger SS-Mann der Schlüssel zu Mord und Totschlag in der Gegenwart ist. Ein Kampf auf Leben und Tod beginnt.

adakia Verlag
Klappenbroschur
ISBN 978-3- 3911472-03-6
17,00 Euro

Brigitte Lamberts
adakia pocket Vol. 12

El Gustario de Mallorca

Kulinarische Erzählungen, 54 Seiten

El Gustario de Mallorca ist Sven Ruge, ein Düsseldorfer Gastrokritiker, der seit einigen Jahren auf Mallorca lebt. Er ist die Hauptperson der gleichnamigen Mallorca-Krimireihe von Brigitte Lamberts. Der sympathische Genießer liebt es, Restaurants auf Mallorca aufzusuchen, vorzugsweise mit seiner Freundin Sofia und deren Großmutter Patricia. So fahren die Leserinnen und Leser mit Sven über die Insel, erleben das typisch mallorquinische Flair und die landestypische Küche. Übrigens, ganz nebenbei: Alle erwähnten Restaurants sind von der Autorin getestet und für gut bis ausgezeichnet befunden worden. Die teuerste, aber leckerste Recherche ihres Lebens.

Brigitte Lamberts
adakia pocket Vol. 14

El Gustario de Mallorca II

Kulinarische Erzählungen, 59 Seiten

Weiter geht es mit dem El Gustario de Mallorca, dem Düsseldorfer Gastrokritiker Sven Ruge, der auf Mallorca lebt. Er ist die Hauptperson der gleichnamigen Krimireihe von Brigitte Lamberts. Obwohl er seine neue Heimat mittlerweile sehr gut kennt, gibt es immer noch Flecken, die es zu erkunden gilt, und vor allem Restaurants, die er begutachten soll. Internationale Magazine wenden sich an ihn und verlangen nach interessanten, kulinarischen Artikeln. Und so fahren die Leserinnen und Leser mit Sven über die Insel, erleben das echte mallorquinische Flair und die landestypische Küche.

Brigitte Lamberts (Hrsg.)

Zur falschen Zeit
am falschen Ort

Anthologie mit Short Storys, 202 Seiten

Zur falschen Zeit am falschen Ort – Katastrophen und Tragödien, die weltweit Aufsehen und Bestürzung hervorgebracht haben, liefern dramatischen Stoff für Geschichten. So gab es den verheerenden Anschlag auf das World-Trade-Center oder den Tsunami, der über Thailand hinwegfegte. Aber auch die kleinen, leisen Zeichen der Verzweiflung gehören zum Leben dazu und können Schreckliches bewirken.
Doch zum Glück gibt es auch Geschichten,
die ein gutes Ende nehmen, die Hoffnung machen,
dass nicht immer alles im Chaos versinkt.
Lassen Sie sich von den AutorInnen überraschen,
wie sie das Thema »Zur falschen Zeit am falschen Ort«
völlig unterschiedlich interpretieren.

adakia Verlag
Klappenbroschur
ISBN 978-3-941935-96-9
13,00 Euro

Brigitte Lamberts (Hrsg.)

Planvoll gescheitert

Anthologie mit Short Storys, 249 Seiten

20 Geschichten erzählen von Plänen, die eines gemeinsam haben: sie sind gescheitert. Das Resultat ist ein Desaster. Humorig, skurril, dann wieder dramatisch, traurig, leidenschaftlich oder mörderisch werden hier Pläne vorgestellt, die es in sich haben. Manche sind dusselig konzipiert, andere akribisch bis ins letzte Detail überdacht, und doch: Zufall, Schicksal oder ein Missgeschick bringen das Kartenhaus der Planung zum Einsturz. Lassen Sie sich gut unterhalten bei Geschichten, die anderen widerfahren sind. Eine Prise Schadenfreude gibt bekanntlich die beste Würze.

Die AutorInnen sind:
Joachim Speidel, Ursula Schmid-Spreer, Brigitte Lamberts, Fenna Williams, Ivonne Keller, Mark Jischinski, Kerstin Lange, Edith Polkehn, Mareike Fröhlich, Brigitte Vollenberg, Stephan Peters, Sibyl Quinke, Daniel Raifura, Renate Nolden, Bruno Woda, Pupuze Berber, Cécile Ziemons, Klaudia Zotzmann-Koch, Martin Meyer und Petra K. Gungl.

adakia Verlag
Klappenbroschur
ISBN 978-3-941935-85-3
15,00 Euro

adakia Verlag UG (haftungsbeschränkt)
Richard-Wagner-Platz 1, 04109 Leipzig
www.adakia-verlag.de
kontakt@adakia-verlag.de

Bibliographische Information der Deutschen Bibliothek:
Die Deutsche Bibliothek verzeichnet diese Publikation in der Deutschen Nationalbibliographie; detaillierte Daten sind im Internet über die Homepage http://www.dnb.de abrufbar.

Gesamtherstellung: adakia Verlag, Leipzig
Lektorat: Dr. Mechthilde Vahsen
1. Auflage, August 2025
ISBN 978-3-911472-09-8